しゃもぬまの島

上畠菜緒

集英社文庫

しゃもぬまの島

しゃもぬまを知っているだろうか。

中型犬くらいの大きさの馬で、見た目はロバに似ている。

体毛は薄橙色《うすだいだいいろ》がかった灰色で、ところどころ色にムラがある。

頭が大きい。タテガミはない。蹄《ひづめ》は小さくて、薄い灰色。

尾はあってないようなもので、尻のあたりに陰毛のような縮れた短い毛がまとまって生えている。

見えているのか疑わしいほど伏せられた目、傘のように目を覆う毛に、重たげに項垂《うなだ》れた頭、緩く弧を描く背。耳だけはピンと立って、上を向いている。

彼らは大人しく、とても静かな生き物である。よく言えば忍耐強く、悪く言えば頑固で、人の言うことは聞かない。荷を引いたり、人を乗せたり、そういったこともしない。蹄が小さいから、速く走ることもできない。

それでも彼らは私たちの島で、とても大切な役を担っている。

一つは、果樹園の下草を食《は》んで、糞《ふん》をして、その糞を踏んで肥料にすること。そしてもう一つが、死んだ人を弔うこと。

＊

マツリカ広告出版社に就職してから、三年になっていた。

この小さな出版社では、アダルト雑誌を作っている。それと地域の風俗店情報や水商売、アルバイトの求人なんかが載った薄い情報誌。

広告を作ったり、店の幟《のぼり》を作ったり、看板を作ったり。ＤＭの文章を頼まれることもある。

私の仕事は主に、そういった細々とした広告や文章の作成だった。雑誌の方の仕事は、補佐的にかかわっている。

多くの刊行物を手掛けるわけでも、広告作りの依頼がしょっちゅうあるわけでもないけれど、人手が少ないので仕事は多い。それでも、メインのアダルト雑誌の方で私が仕事を貰《もら》えないのは、女性だからとか、若すぎるからだとか、そういう理由ではない。足りないからだ。実力が。それとなにより、やりたいという意思が。

仕事に、不満があるわけではない。例えば色褪《いろあ》せたこの町の、男たちの情動を煽《あお》るためだけの雑誌ではないような。例えば若い女の子たちが、ファッションやライフスタイルの指針にするような。そんな煌《きら》びやかな、と言うのか、一般的に憧れの対象になるのだろう雑誌の制作に携わりたいか、記事が書きたいかと言われれば、そういうわけでもなかった。それに、その類《たぐい》の記事を自分が形にできる自信もない。

自信も、野望も、大志も、やる気も、とにかく何かするために必要だと思われるものが、私には欠けているのだ。それらはいくら探しても、私の中には一つとしてないようだった。

中学校進学を機に島を出て、専門学校までいって、そのまま、この港町で働いている。海は近いけれど、私はしばらく、浜辺を見ていない。港湾はどこも、錆《さび》やコンクリートで覆われているし、そもそも立ち並ぶコンテナに阻まれて、海すら満足に見ることができない。

広大なコンテナターミナルがあって、そこから内陸側には、大小さまざまな工場が立ち並んでいる。工場の間に会社があって、民家があって、店がある。マツリカ広告出版社も、私のアパートも、例にもれず、くすんだ工場たちの間に埋まるように、ひっそりと町に溶け込んでいる。

海から漂う薄い潮の匂い、貨物船の油の匂い、工場が吐き出す煙の匂いが、町の至るところに染みついている。私のアパートの畳にまで。私は満足に着替えもせずに、畳に横になっている。

手を頭上に伸ばして、部屋のカーテンを閉めた。元の色がわからないくらいに褪せたポリエステルのカーテン越しに、夕日が滲《にじ》んでいる。

珍しく、日が暮れる前に帰宅することができた。歩いて帰る間には、体は泥のように重かった。横になったとたんに、眠れるだろうと思っていたのに。

就職活動をしていたころからうまく眠れなくなって、それは今でもずっと続いている。日中、しばしば暴力的な眠気に襲われる。そんなときは、歩きながらでも眠れそうになるのに、いざ横になると眠れない。

寝返りを打つたび、枕にしているナイロンの小さなクッションが、タオルの下でずれていく。頭を乗せるのに程よい高さの物を探して、また寝返りを打つ。

ストレッチ素材の黒いズボンを脱いで、足を使って下の方に押しやった。内腿《うちもも》に、びっしょりと汗をかいている。夕日から逃れるように、私は背を丸める。

床がなくなったような感覚がする。鳥肌が立つ。汗だくでいるのに、心臓だけが凍ってしまったような。自分で自分を抱きしめるようにして、腕をさする。どちらが上かもわからない、真っ暗な深海に閉じ込められたときもきっと、こんな心地になるんだろう。酷《ひど》く息苦しい。

ゆっくりと、だけど確実に夜は訪れ、去っていく。それは何度繰り返されて、そして私はそれを、いつまで続けなければならないのだろう。

タオルケットに縋《すが》りつく。

コン、とドアを叩《たた》く音が聞こえた。祐《たすく》、と誰かが私を呼んだ気がした。

室外機のファンが回る音、蛇口からしたたる水の音、電車の走る音。再びノックされる気配がないので、私はそのまま目を閉じた。

外はまだ、夜にさえなりきっていない。

＊

幼いときの夢をみている。

お隣の、よくカルパスやソラマメをくれたお爺《じい》さんが死んだときの夢を。

しゃもぬまが来た、と誰かが言ったような気がした。外でそんな動きがあったような。人が口々に、抑えた声で言い交わしているのが聞こえる。しゃもぬまが、戸は開いてるから、しゃもぬまが来た、靴を、あんたそこをどけて、こっち、しゃもぬまが、もうそこに来て。

私は母にくっつくようにして座っていた。部屋には私たちと、死体になったお爺さんしかいない。

家の外には、黒い服のおじさんや、おばさんがたくさんいた。小さい庭先に、向こうがまるで見えないくらいに、人が立っている。いつもの、お爺さんの家とはまるで別の家のようだった。お婆《ばあ》さんの花壇や、飼っていた犬のお墓が、間違いなく踏み潰されている。

彼らはみんなこちらに背を向けて、少し項垂れるようにして、おごそかにしゃもぬまを迎えている。

本当はこんなにたくさんの人が訪れた葬式ではなかったと思う。

黒い服と髪の間から、一つだけ顔がこちらを見ている。喪主のお婆さんだった。疲れたような、険しい顔。お化粧をしていないのだろうか。土気色の肌。どこを見ているのかわからない目。少しも動かない。私は怖かった。誰も気づいていないだけで、お婆さんも死んでしまっているのではないか。

黒い人の波間に、お婆さんの顔が隠れる。次に現れたときには、彼女は別の、誰か若い女性に変わっている。誰だろう。私はその人に、見覚えがあるような気がする。

衣擦《きぬず》れのような控えめな音がして、襖《ふすま》が開いた。高次《こうじ》さんがしゃもぬまを連れて、ゆらゆらと部屋に入ってくる。

高次さんは九年母苑《くねんぼえん》で働いているときと同じ、薄汚れた作業着を着ていた。夏みかんの葉が擦《こす》れてできた、緑の染みがついている。黒い染みは、しゃもぬまの肛門《こうもん》の周りと同じ色をしている。糞の色なのかもしれない。

しゃもぬまを連れて、といっても紐《ひも》をつけて曳《ひ》くわけではない。高次さんたちは、彼らの近くを、従者のように付いて歩く。

高次さんはしゃもぬまの世話役で、この島に数人しかいない、しゃもぬまを死人の許《もと》まで連れていける人のうちの一人だった。

私はしゃもぬまの足許を見ていた。

しゃもぬまは清潔で、お行儀がよかった。しゃもぬまは静かに、お爺さんに近づいていく。退化した自分の蹄が畳を傷つけないように、お爺さんを驚かせないように、慎重に歩いているようだった。畳は汚れていない。

部屋は再び静かになった。人の声も聞こえない。お爺さんの死体は白装束を着せられて、畳の上に直接横たわっていた。顔に布はかけられていない。顔色がよくて、少しも死んでなんていないように見える。ただ夏の昼下がりに、ちょっと横になっただけみたいに。

気づけば部屋は実際のそれより、ずっとずっと広くなっていた。バスケットボールのコートが二面ある、小学校の体育館くらい広い。周囲はすべて、襖で囲まれている。

お爺さんの死体は正座して、しゃもぬまを迎えた。

「すみません、どうも」

お爺さんは高次さんに向かって、体を縮めるようにお辞儀した。高次さんも、ふかぶかと頭を下げる。

お爺さんはしゃもぬまをじっと見詰めた。しゃもぬまは畳の匂いを嗅ぐような仕草をして、そのまま体の向きを変え、お爺さんに尻を向けて歩き出した。

お爺さんは駄目かあ、と呟《つぶや》いただろうか。しかし満足気にうんうん頷《うなず》いて、立ちあがる。

しゃもぬまは私たちよりもずっと、徳の高い生き物で、死んだら天国に行くことが決まっている。

しゃもぬまは死期を悟ったとき、ごく希《まれ》に、島に住んでいる誰かを天国に一緒に連れて行ってくれることがあるらしい。そのしゃもぬまは死ぬ前に誰かの家を訪れるから、しゃもぬまがお迎えに来た家の人は、しゃもぬまの最期《さいご》の世話をして、家族の誰かから、天国に行く人を選ぶ。

それがいつの間にか、島で人が亡くなったときに、一番老いたしゃもぬまをその人に会わせるという風習に繋《つな》がった。しゃもぬまを会わせて、天国に連れて行ってもらえないかお伺いを立てる。

天国に行けているのかどうか、それは誰も知らない。ただいくら形骸化していても、島での葬式に、しゃもぬまを欠かすことはできない。

お爺さんは蟹股《がにまた》で、外に向かって歩いて行く。

私はほっとした。これは間違いなく、正しい手順で執り行われた葬式なのだ、と納得していた。お爺さんはきちんと死んで、きちんと弔われた。私はどうしてだろうか、自分の靴を握りしめていた。

お爺さんは振り返った。私の手許を見ているようだった。私はそれを怒られるのではないかと、縮こまった。けれどお爺さんは何も言わず、しゃもぬまに続くように、玄関に向かう。

お爺さんが裸足《はだし》のままで出て行ったのが、気の毒だった。どうして誰も、靴を履かせてあげないのだろう。

お爺さんはこれから、萩祐《はぎすけ》君の船に乗る。

島には火葬場がないから、死んだ人は萩祐君の出す船で、本土に渡ってから骨になって帰って来る。

私も、萩祐君の船に乗ってみたい。生きた人を運ぶ連絡船よりきっと、死んだ人を運ぶ萩祐君の船の方がずっとずっと優しい。安心して死んでいられるような、優しくて、静かな船に決まっている。

骨壺《こつつぼ》の中の骨が、ぶつかって砕けてしまわないように、そっと舵《かじ》を取る萩祐君の後ろ姿。

目が覚めそうだな、と思った。これは夢だ。私は大人で、今は私の部屋で、タオルケットを脚に絡ませて寝ている。もう目が覚め始めているかもしれない。

私は、自分が小さな靴を握ったままでいることに気づく。私はとにかく、靴を置く場所を必死に探した。

＊

汗が滲んで、髪が額に貼り付いている。濡《ぬ》れた服が気持ち悪い。どれくらい眠れたのだろう。まだ夜明けまで時間がありそうな、重たくて分厚い暗さだった。

体を起こして、膝を抱えるように座る。どんな夢だったか、思い出そうとするが、もうはっきりとは思い出せない。

お隣のお爺さんの葬式の夢だった。実際のあの日とはかなり違っていたけれど。私はあの時、靴をどうしたのだったろう。

汗が染みたシャツと下着をすべて脱いで、裸になった。

背中から腰に、びっしょりと汗をかいている。股の間のしめった肌が、足を動かすたびに擦れて歩きづらい。

シンクに置いたままのコップに、水を注《つ》いで飲んだ。

口からこぼれた水が、首から、裸の胸を伝って、脚を流れた。覚えのないあざが太腿と、膝の周りにいくつかできている。

コップを持ったまま、網戸にしてある窓辺に立った。わずかに吹き込む風が、濡れた肌を撫《な》でる。発作的な不安感は、今は嘘《うそ》のように収まっている。朝までもう少しだけなら、眠れるかもしれない。

またタオルケットにくるまって、目を閉じる。

そういえば隣のお爺さんは、私が生まれるよりも前に亡くなっていたのではなかったか。

縁側に腰掛けて、瓶ビールを飲むお爺さんが、ソラマメか何かを摘《つ》まんでいる姿が脳裏に浮かぶ。私はあの家のお爺さんに、会ったことなんてないのに。

網戸越しに、丸い月が見える。

蛙《かえる》の声さえ、もうほとんど聞こえない。今日に取り残された生き物たちの、ささやかで消え入りそうな気配。

海の音が聞こえる。

波の誘う音。夏みかんの葉が擦れ合う音。

目を閉じる。柔らかい風が前髪を撫でる。

海と夏みかんと、それと干した布団と糞の匂いが混ざったような。懐かしい、しゃもぬまの匂い。

コンコン、と玄関から音がする。

暗がりに沈んだドアを見やる。まさか人が来るような時間ではない。誰かが意図的に叩いたとしか、思えない音だったけれど。

私は玄関に背を向けて、体を丸める。

コンコン、また、音がする。

眠らないと。私は努めて、何も考えないようにする。


インタビュー記事を執筆する際に、実際に彼女たちの言葉がそのまま載ることはとても少ない。載ったとしても一部だし、ほとんどが修正されている。

他の出版物では違うのかもしれないが、マツリカで出すアダルト雑誌のインタビュー記事は、ページの四分の三を占める写真を撮影して、あとの文章は彼女たちが所属する事務所と相談しつつ、担当者が書いている。

後藤《ごとう》さんは読者からの質問に答える企画ページの担当をしている。その企画ではずっと一人のモデルを採用していた。彼女は女医や教師、主婦など、質問に合わせて、あらゆる姿に扮《ふん》した。実際に質問に答えていたのは、後藤さんだったけれど。彼は私を除けば、マツリカの中で一番若い。私の初めての撮影の現場は、後藤さんの企画だった。そこで私は、彼の撮影の補助をするよう指示されていた。

撮影の補助、といってもレフ板を持ったり、コードをまとめたり、照明を置いたりといったことだったけれど、全く経験のない私は何もわからなかった。ただ言われた通り運んで、持って、歩き回った。

「こんなことまでするなんて思ってなかったよな」

機材を片付けながら、後藤さんが言った。モデルが着替えに行っているときのことだった。

「自分たちでできることは何でもする。写真だけじゃなくて、映像で撮ることもある。撮って終わりじゃない。編集もする。同時に文章も作って、ページのデザインもやっていく。その全部が時間との闘いになる。時間はコストだから。ゆっくりはやってられない。きついこと言うようだけど、何もかも一から教えていく時間もないから。基礎的なことぐらい、自分でやってきて」

「はい、すみませんでした」

後藤さんは私の指導係のようなものだった。

はっきり決められたわけではないけれど、なんとなく、そうなっていた。

あまり喋《しゃべ》らないのをいいことに、面倒な役をやんわり、押し付けられていたのかもしれない。

モデルの写真を加工しながら、画像加工用のソフトウェアの使い方もいくつか教えてくれた。具体的にどう修正すればいいかは、教えてくれなかったけれど。

「それに俺は何が正解かとかは言えないから。俺のやり方も正解じゃないと思う。自分で考えて、いいと思うようにして」

日中ほとんど喋らない彼だけれど、遅い時間、他の社員もほとんどいなくなってからは、饒舌《じょうぜつ》になる。

有名な過去の雑誌、そこで新しく使われた技法、過去のアダルト雑誌がどういうものだったか。自販機で売られていたもの、ビニ本、裏本。雑誌の流通について。アダルト雑誌を経て世に出た脚本家や、作家の話。

わかる話もあれば、わからない話もある。訊《き》けば、説明の段階でまたわからない話が出る。後藤さんの話は止めどなく、どんどん袋小路に入っていって、どこに向かっているのかもわからない。しかし決して行き止まりはない。

記事に正解がないように、後藤さんの話にもゴールはない。

後藤さんの話は結局、精神論になっていく。彼の精神の吐露。淡々と語られる情熱。私には何もない。議論するだけの持論も、熱も。私は彼の話をただ受け入れ、相槌《あいづち》を打ち、時に小さく感嘆の声を上げてみせる。彼が満足するまで。

後藤さんに教えてもらっていると、帰宅は深夜になる。

「お前もう半分寝てるな」

帰れ帰れ、と言って、謝る私を後藤さんは解放してくれる。慣れない仕事と睡眠不足でふらふらになって帰る私の後ろで、後藤さんは自分の仕事に戻る。私のために彼は仕事の手を止めて話をしてくれた。私のせいで帰れない。私に手伝えることはない。コンビニに寄って、サンドイッチを買って帰る。その頃には本屋もなにも開いていない。帰ったらすぐに寝る。会社に間に合う時間に起きられるように。

一年目が終わる頃までは、毎日その繰り返しだった。

基礎的なことは、いつ学ぶのが正解だったのだろう。それを私は、うまくやれるほど賢くも、要領が良くもなかった。端的に言って、私は駄目な人間だった。

結局、後藤さんの機嫌を取ることが、私の仕事の大半を占めていたのかもしれない。私自身が勉強をして、実力をつけるより、後藤さんの機嫌を取る方がずっと手っ取り早い。ずっと手早く、働きやすい環境を作ることができる。

撮影をする部屋の準備が終わったので、ラブホテルの管理人であるお婆さんの話し相手をしながら後藤さんが来るのを待っていた。私が初めて補佐として携わった後藤さんの企画の、最後の撮影の日だった。

裏口が開く気配がして、バックヤードとホテルの廊下の境にある暖簾《のれん》が揺れた。まず後藤さんが入ってきて、後から後藤さんより背の高い女性が入ってくる。

栗色（くりいろ）の長い髪を後ろでまとめている。安物のようだけれどきちんとアイロンがかけられた、さっぱりしたチェックのシャツと、白いロングスカートを身に着けた女性。年上の、すっきりした感じのお姉さん。後藤さんの腕越しに見る、パソコンの画面上で加工されていく女性とは、まるで別の人のような。

私は鍵を手に、彼女のところに向かう。

モデルと二人で部屋まで行く。ドアの前で、彼女の荷物を渡した。

「では、しばらくしたら後藤と戻るので」

「あのさ、ちょっと着替えてメイク直すくらいだしさ、中で待っててていいよ」

「少し、打ち合わせ、みたいなことするので。気にせずに、ゆっくり準備してください」

モデルは、はあい、と少し伸ばして答えた。最後だものね。笑って半円形になった目のあたりに、少し皺《しわ》が寄る。後藤さんが画面の上で消す部分。私は彼女の目許の皺が一番好きだった。

後藤さんは車の近くで煙草《タバコ》を吸っていた。

眩《まぶ》しい曇り空だった。石灰色の薄い雲が空一面にムラなく広がっている。

「もう一人の子、どうされたんですか」

「ばっくれ」

後藤さんはこちらを見ないで答える。時々、車の走る音が駐車場の前を横切っていく。

目は慣れたはずなのに、薄い雲を通して差し込む光はいつまでたっても眩しい。後藤さんの吐いた煙と空の色が同じで、やけに空が低く見える。瞼《まぶた》が重い。立ったまま眠れそうだと思う。

後藤さんについて部屋に入る。あらかじめ電源を入れておいたもの以外の機材を立ち上げ、後藤さんがカメラを構えながら出す指示通りに、ストロボの位置を変え、ディフューザーで光量を調節する。

白い明かりが、モデルを照らす。外の灰色がかった白い雲よりもずっと明るいはずの照明なのに、どうしてだか薄暗い。

後藤さんはよろしくお願いします、と言ったきり簡単な指示しか口にしない。私も黙っている。今回の記事の趣旨は伝えてある。それでも、こんなに黙っていて、撮影が進むものなのだろうか。

彼女が後藤さんの意図する通りにしているのか、後藤さんが彼女の思うままに任せているのか。いつもなら、後藤さんがもっと喋る。モデルをリラックスさせるために冗談を言ったり、褒めたり。そんな時にしか言わないようなことを言うのに。

彼女はベッドに横たわって、上体だけ少し起こす。後藤さんはモデルの長い脚の先から、ローアングルでシャッターを切る。

彼女が脚を曲げて、後藤さんがベッドに上がる。シャッターの音。後藤さんはカメラから顔を離さない。彼女は両肩をシーツにつけて、仰向《あおむ》けに転ぶ。後藤さんは膝立ちになって、上からシャッターを鳴らす。覆い被《かぶ》さるように背を丸くして、カメラを近づけ、バストショットを何枚か。

モデルが動いて、カメラが鳴って。

次第に、後藤さんがシャッターを切る音と、彼女が身じろぎする音しか聞こえなくなっていった。

私はレフ板を持ったまま、ぼんやりと立っている。同じ部屋にいるのに、どこか違う場所にいるようだった。モデルの息遣いが、部屋全体から聞こえる気がする。レフ板を下ろして、照明の後ろに下がる。影の中から、二人を見守る。後藤さんは何も言わない。

後藤さんがカメラを離して、撮影が終わったことを知る。

部屋に二人を残して、管理人室にお邪魔した。

管理人室の中は、お婆さんが作った物であふれている。もはやそこは、彼女の部屋だった。随分長い間、彼女がそこにいたことが一目でわかるくらい、彼女はその部屋に馴染《なじ》んでいた。小窓と、部屋が使用中かどうかを示すボードが唯一、そこがラブホテルの管理人室だと思い出させてくれる。今は、後藤さんたちがいる部屋だけに赤い表示が灯《とも》っていた。

　私はお婆さんに促されるまま、隅に置いてある、背もたれのない小さな木の椅子に座った。小さなビーズで編まれた座布団が乗せてある。その座布団を膝に乗せて、ゼリーをいただいた。桃が入ったゼリーだった。シロップにつけられた桃が、薄赤いゼリーの中で胎児のように浮かんでいる。

　私はお婆さんが一人であれこれ話すのを聞きながら、黙ってゼリーを食べた。体が怠《だる》くて、眠たい。食事をすると眠気が強くなるので、昼食は抜いていた。食欲はない。ゼリーが入ってきて、胃袋の中から重たくなる。胃液がゼリーになっているようで、少し吐き気がした。

「ねえ待木《まちき》さん、また痩せたんじゃない？　隈《くま》もすごい。前が太ってたってわけじゃないけどね、ねえ。顔色が悪くなってるみたい。女の子でしょ、ちゃんと食べないと。赤ちゃんができにくくなっちゃうのよ。肌も荒れるし。規則正しく寝れてる？　頑張りすぎないのも仕事のうちでしょ」

　私はできるだけ微笑《ほほえ》んで、時々頷いて返す。

「大丈夫、そんなに頑張ってはいないんです」

　私は彼女がテレビや、人の話から知ったらしい健康法や、体にいい食べ物を教えてくれるのを聞きながら、ゆっくりゆっくりゼリーを食べた。

　彼女にとって私は、過度にダイエットをする女性の一人で、ブラック企業に勤めていて、無口で人付き合いの悪い上司に苛《いじ》められていて、家事が苦手で、親孝行で、頑張り屋な若い女の子らしい。そんな話、したことはないけれど。

当たっているところもあるかもしれない。違うと感じるところもある。だからといって、訂正したことはない。結局は好意的に捉えてくれているのだから、別になんだってかまわないと思う。

ゼリーがなかなか減らない。スプーンで小さくすくうたび、周辺のゼリーが砕けていく。

お婆さんは隅がよれたノートを取り出して、メガネをかけながら何か探している。先日テレビで見たことをメモしたらしい。

部屋に二人きりにしてよかっただろうか。後藤さんと少しだけ話させて、と言うモデルに、押し出されるように部屋を出た。機材もなにもそのまま。

残ったゼリーをかき混ぜて、カップから口に流し込んだ。お婆さんは一人で喋り続けている。

*

初めてヘリに乗った時の夢をみている。

私は小学校を卒業するまで、しゃもぬまの島にいた。

本当の地名は別にあるけれど、私や島の住民の大半にとってそこはしゃもぬまの島という島だった。

人口一〇〇〇人ほどの小さな島で、本土に渡るときには七時と十七時に出る連絡船を使う。市の職員が視察に来る以外、本土の人がこの連絡船に乗ることはほとんどない。

私は一度だけ、ヘリに乗って、島を上空から見たことがある。

そのヘリは、島の地主である菅黄雲《かんきうん》の所有物だった。彼はそれを、自分の果樹園を撮影するために飛ばした。私は黄雲の娘の紫織《しおり》とともに、ヘリに乗せてもらった。

島の三分の一ほどもある果樹園を一枚の写真に収めるため、私たちを乗せたヘリは、かなり高くまで上がらなければならなかった。

それまでヘリなんて、本土から救急ヘリが飛んでくるのを下から見たことがあるだけで、乗ったことなんてなかった。私はその時初めて、私たちの島がほとんど丸に近い、楕円形《だえんけい》をしていると知った。島は北東に向かうにつれて標高が上がり、その頂上から広がる山裾が雛《ひな》を守る親鳥の翼さながらに、島を囲っている。

「祐、ねえ見て、島中がお父さんの果樹園みたい」

紫織も、自分の父親の島を空から見るのは初めてだったらしい。ヘリの窓に指を押し当てては、あれがお父さんの船で、あれがお父さんの果実加工場でしょ、と興奮した調子で大声を出す。

私は島の景色にはそれほど興味がなくて、ヘリに乗って空を飛んでいることの方に興奮していた。

紫織が窓に貼り付いているから、外はあまり見えなかったけれど。紫織が楽しそうなことが嬉《うれ》しかった。紫織に窓側の席を譲ったことに少し得意になって、ヘリに乗って紫織と空にいて、私はそれだけで満足していた。

紫織は次から次に黄雲のものを見つけては、はしゃいでいる。

島のほとんどが黄雲のものだった。そうではないものを見つける方が難しい。

島の土地は、昔は本当にすべて菅家のものだった。黄雲の先祖が無人島だったこの島で自生していた夏みかんを繁殖させ、果樹園を作った。果樹園は次第に大きくなり、小作人として雇われた人が島に居付くようになった。

土地の所有権は住民に移っていったが、今も島では、土地は菅家に譲ってもらった、借りものだと思っている人の方が多い。

黄雲の果樹園は、九年母苑という。

育てているのは、もちろん夏みかん。島の人はみな夏みかんと呼んでいるけれど、本土の夏みかんとは全く違う種らしい。

この夏みかんは一本の木から採れる数が少なく、実ってから数年は木につけたままにしないと収穫できない。

幕府や朝廷、皇室にも献上されたことがある高級みかんとして知られている。菅家はかなり長い間、果樹園と、島の周辺の海での漁業で栄えてきた。

現代の菅家は交易や輸送業を手掛け、海外にも事業を広げる大企業となっている。特に収益を上げているのが海上輸送で、むしろ今ではそちらの方が主な事業らしい。

黄雲が島にいるのも年に数日しかない。それでも、彼は果樹園の経営をやめない。

彼の果樹園や加工場では、島を出ることのできない事情のある人や心身に障害のある人が多く働いている。

そういった人を優先して雇うことを、偽善だとか、イメージ戦略なのだろうと言う人もいる。趣味なのだとも。

私もそう思っていた。子供ながらに、なにか裏があるんだろうと。そう言うと紫織が烈火の如《ごと》く怒るから、決して口にはしなかったけれど。

「見て。高次さんと多恵《たえ》ちゃんがいる」

紫織の膝のあたりに手を置いて、身を乗り出して窓を覗《のぞ》く。高次さんが、夏みかんの木の間で、しゃもぬまの寝床を掃除している。娘の多恵ちゃんは座って、こちらを見上げている。指さして、なにか高次さんに言っているようだった。

「ほんとだ。あ、しゃもぬま」

多恵ちゃんの近くに、一頭だけしゃもぬまがいて、草を食んでいる。

この島で菅家の所有物でないのは、しゃもぬまだけかもしれない。

高次さんの果樹園の横、浜のあたりに立った女性が、手を振っている。

「祐、あっち、あの山は私と祐のものね」

ふいに紫織が、私の耳許に口を寄せて囁《ささや》いた。父親のものを見つけたときとは違う、くすぐったい笑顔に、私はうん、と返すことしかできなかった。

＊

私は半ばまで字で埋まった便箋を握り潰して投げた。近くの業務用スーパーにある文具コーナーで買った便箋で、白地に薄青色の線が引かれただけのシンプルなものだった。新しい一枚を出して、真ん中あたりに書き込む。

「ヘリに乗ったのを覚えている？　よかったら連絡してください」

それと、端の方に自分の電話番号を書いて封筒に入れた。封筒には紫織の住所が書いてある。

空が薄ら暗くなっていた。手許に散らばる新しい便箋の青い線が、ほとんど滲んで見えなくなっている。

私は畳の上に直接置いている小さな折り畳み式の机から離れ、開け放っていた窓を閉めた。

日が沈んだばかりの西の空にわずかに橙色を残し、東の空に向けて琥珀色《こはくいろ》、薄黄緑色、水色、藍色が広がっている。スクリーンにそれぞれの色を映しているような、滑らかなグラデーションだった。だからだろうか、どことなく煙っぽいような感じがする夕暮れだった。

久しぶりの休日だったような気がする。朝にシャワーを浴びてから、ほとんど部屋で過ごした。私は夕日が完全に消えて、星が現れて、真っ黒になるまで空の色を眺めていた。

ポストに寄ろうと思っていたのに、帰宅する頃にはそんな余力は残っていなかった。暗い道を、半ば眠りながら歩く。

昼でも暗い道は、夜になると足許なんてほとんど見えなくなる。民家から漏れる明かりは私の顔ばかり照らしていて、その眩しさに余計に目が閉じていくように感じる。

暑い夜だった。川からの風もこの路地には届かない。地響きのような蛙の声。体の中にまで響いてくるような。

どうしてこうなる、話を聞いていたのか。

広告の依頼主の声がフラッシュバックする。

お前は耳が聞こえないのか。

高齢の社長がたるんだ頬を震わせ、企画書を机に投げる。

私は、考えるな、と口に出す。思い出しても仕方がない。ただ言われたように直せばいいだけのこと。本当にただ、社長の言い方が悪かっただけ。感傷的になる必要などない。

ため息をつく。私はさぞかし無様だったろう。

社長の怒りを鎮めることだけ考えて、確かに気持ちの悪い笑みを浮かべて、大丈夫ですから、と繰り返して、馬鹿みたいに謝っただけ。

社長の指示通りにしたのに。漠然としたレイアウト希望と、できるだけ安くというこれまた漠然とした予算を受けて、できるだけのものを作ったのに。これで完成でもないのに。これから話し合って、手直ししていけばいいのに。

私はまた、息をゆっくりと吐く。私は悪くない。けれど自分が酷く惨めに思える。

そういうの、捨てろよ、と後藤さんなら言うだろう。言われたことがある。自尊心というか、そういうものを。

後藤さんが捨てられないものを。

蛙の低い声と、虫の高い羽音、民家の裏側から響く食器の音。あたりの命の濃さ、とでもいうのだろうか、生命力や生活感の騒々しさにあてられて、自分は薄くなっていくような感覚になる。このまま、可能なら消えてしまいたいような。

ふと、自分のものではない足音が聞こえていることに気づいた。いつからだろう。こんな路地、私しか通らないのに。

不審者だろうか。治安がいいとは言えない町だから、痴漢や、強盗がいてもおかしくはない。

こんな道で襲われて、私は何を奪われるのだろうか。

お金も、体も、命も、罪を犯してまで私から奪うほどのものなんて、何も持ってはいない。お金を財布ごと持って行かれるのと、強姦《ごうかん》されるのは嫌な気がする。後が面倒だから。

何かするなら、いっそのこと、もう何もできないくらい、すべて奪ってくれた方が。

足音は、本当にすぐ後ろから聞こえた。人間らしい癖や、気配を感じさせない足取り。

私は振り返らないことにした。ただゆっくりと歩く。気づけば、足音は聞こえなくなっていた。

紫織と、学校を抜け出した日の夢をみた。学校を抜け出して、多恵ちゃんに怒られたときの夢を。

多恵ちゃんを思い出すとき、いつも多恵ちゃん自身のことよりも、果樹園としゃもぬまを思い出す。多恵ちゃんはいつも果樹園にいたし、果樹園には、大抵しゃもぬまがいたから。

＊

私と紫織は学校が終わってから、よく高次さんと夏枝《なつえ》さん夫妻の果樹園に行っていた。島の果樹園はすべて黄雲のものだから、どこのことだかわからなくなるので、その区画を任されている人の苗字《みょうじ》で呼んで区別している。高次さんと夏枝さんのところだと、高田苑《たかだえん》と呼ばれていた。

高田苑はしゃもぬまを預かっているから、他の果樹園とは少し違う。夏みかんの収穫量についてはあまり言われなくて、とにかくしゃもぬまの管理が主な仕事になる。収穫量に拘《かかわ》らず、一定の給与がもらえると聞いた。

果樹園自体はあまり広くはない。しゃもぬまが過ごしやすいように、夏みかんの木を減らして、東屋《あずまや》のようなものがいくつか建ててある。傾斜も、他の果樹園に比べると緩やかで、場所によっては平らな、広場のようにもなっていた。夏みかんに水をやるための装置は改造されて、しゃもぬまが新鮮な水を飲むためのものになっている。

高次さんは朝早くに、決まった果樹園にしゃもぬまを連れて行く。しゃもぬまはそこで下草を食べて、糞をする。彼は日が沈む前にしゃもぬまを連れて、自分の果樹園に戻る。

夏枝さんは黄雲の屋敷で、家政婦として働いている。紫織と、彼女の妹の美織《みおり》のために朝食を作り、屋敷を掃除し、洗濯をし、夕食を作る。そして二人を風呂に入れ、眠る彼女たちに布団を被せて、それから、果樹園にいる多恵ちゃんを迎えに行き、高次さんが待つ家に帰る。

終礼が終わると、紫織は私を伴って、一番に教室を出る。一言も口を利かず、ほとんど走っているみたいな速さで校門まで行くので、私は置いて行かれないようにいつも緊張している。

終礼が始まるまでには連絡帳に明日の予定を記入して、ランドセルを半ば背負い、いつでも校門まで走れるよう、その時がくるのを待つ。

校門を抜ければ、紫織のスピードは一気に遅くなる。それまでの真剣で硬い表情が緩み、時には笑顔になって、今日はどこそこに行こうなどと言う。私は今日も無事に学校を出られたことに安堵《あんど》し、紫織が言う通りの場所に行く。紫織の屋敷はそこからさらに十五分歩けば辿《たど》り着く。

高田苑は学校から歩いて十五分のところにある。紫織の屋敷はそこからさらに十五分

ランドセルや、手提げ袋や、水筒なんかを、しゃもぬまの寝床になる予定の乾いた藁《わら》の上に投げて、もともとは柵や小屋だった木材に腰掛ける。高田苑にはそういった木材が積まれた場所がいくつか残っている。そのうちのどれに座るかは、紫織の気分次第だった。

私は木材のできるだけ乾いていて、しゃもぬまの糞が近くにない場所を選んで腰掛ける。紫織は何も気にせず座るけれど、話しているうちに次第に近づいてきて、大抵は私にくっつくように隣に座る。

その日紫織は、私から少し離れたところに座っていた。

私はなんだか居心地が悪く感じたけれど、近くに座るように言うのもおかしい気がして、黙って足許の草を抜いていた。

紫織はまっすぐ前を向いている。黒目がちな瞳が水中の氷のように潤んで、目許と鼻の頭が薄く赤くなっている。皮膚が透明になったみたいだった。季節は夏で、時間は十四時に近いくらいだったけれど、紫織の周りにだけ冷たくて、透明な時間が流れていた。

今頃、教室では午後の授業が始まっている。もう一人の自分が教室で授業を受けているような、不思議な気分だった。私は存在するはずもない時間、いるはずもない場所に紫織といる。

「透明人間になった気分」

私がそう言うと、紫織はにっこりと笑った。それは花が咲くのと似ていた。

私は安堵した。机の中に腐った魚の死骸を入れられても、それを見て派手に嘔吐《おうと》しても、そのまま私と学校を抜け出して来ていても、そのどれもが、紫織を微塵《みじん》も傷つけてはいないことに。

私と紫織を含めて、クラスメイトは八人しかいない。

誰が紫織の机に魚を入れたのか。そんなことはわかっていた。その子たちの悪口を言うつもりだったけれど、やめた。そのときは、本人が気にしていないことを慰めるのはなんだか、酷く野暮で余計なことのように感じたから。

「今なら悪いことしてもいいみたいな気分」

紫織がそう口にして、私は罪悪感もなにも忘れて楽しくなる。授業をさぼって、教室を紫織と抜け出していることに、わくわくと気分が高揚しさえする。さきほどまでの動揺や、心配が嘘のように。

私は、木の根元に夏みかんが落ちていることに気づいた。初夏の収穫で取り落としたものか、小さかったから気づかなかったのか。

「ラッキー」

夏みかんはどこも傷んでいないようだった。拾い上げて、紫織の隣に座る。掌《てのひら》で包むように転がしてみた。皮が薄くて、水の入った袋を持ったような感じ。良く熟れている。

「熟れたのだ。本当にラッキー」

中の薄皮を破いてしまわないように、慎重に外の皮を摘まみ上げる。

赤色と見まがうくらいに濃い橙色の、どろりとした果汁を閉じ込めてぱんぱんに膨れた房が現れる。日差しにかざすと、小さな気泡が震えた。

「はい」

紫織に差し出すと、紫織はいらない、と首を振った。そう、と私は摘まんだ房を口に含んだ。

「んー」

口の中いっぱいに、果汁があふれる。頭が痺《しび》れるほど甘くて、叫びたくなるくらいにいじらしい酸味が舌に広がる。

「これほんとにおいしいやつだよ?」

「そう」

紫織はあまり興味がなさそうにしていた。高田苑でも、食べられる夏みかんが落ちていることなんて滅多にないのに。ましてこんなに熟れた夏みかんはまず、島の人の口には入らない。

紫織の家だったら、熟れた夏みかんを食べることなんて、それほどありがたいことではないのかもしれないな、と私は考える。紫織がいらないと言うのだから、遠慮なく私だけで食べてしまおう。

私はいくつか食べて、残りの房は皮に包んでおいた。一度に全部食べてしまうのはあまりに勿体《もったい》なかった。

「なにしようか」

「川行こ」

私が問いかけると紫織はすぐに答える。紫織は立ちあがって、私もそれに続く。

「しおりちゃん、たすくちゃん、なんでいるの」

舌足らずな大声が聞こえて、振り向くと多恵ちゃんが立っていた。今日は見当たらないと思ってほっとしていたのに。私はがっかりする。

私は放っておこう、と紫織を見るけれど、紫織は多恵ちゃんに微笑みかけている。

「学校が早く終わる日なの」

紫織が言うと、多恵ちゃんは、え、ええ、と言いながら紫織の顔を覗き込んだ。多恵ちゃんのらんらんと光る目が、私は怖かった。

「うそお、うそ。さぼっちゃだめ、がっこうはさぼっちゃだめよ」

多恵ちゃんは大声でそう言って、目から大粒の涙をこぼし始めた。

「さぼっちゃだめ、さぼっちゃだめえ」

多恵ちゃんはついには叫び始めて、私は紫織の袖を引っ張った。

紫織は多恵ちゃんに歩み寄って、腕をさする。

「大丈夫よ、大丈夫よ。ね、ここに座って、さあもう大丈夫」

紫織はいつにないくらい優しい声で言って、多恵ちゃんを木材に座らせた。妹である美織にも誰にも、そんな風に世話を焼くようなことはしないのに。多恵ちゃんは三十も年上なのに。

「いいからもう、行こう」

私は紫織を促して、多恵ちゃんを残して高田苑を出た。多恵ちゃんは木材に座って、背を丸めていた。小さいしゃもぬまが多恵ちゃんに近づいていく。

紫織の家の裏から山道に入って、私たちの川原まではまた二十分ほど歩かないといけない。せり出した岩や木の間に隠れるようにある砂場に並んで座って、清流を眺めるのが、私たちは好きだった。夏でも涼しくて、誰も来ない秘密の場所。

この川の始まり、湧き水の出ている場所には、紫織と二人で作った鳥居と祠《ほこら》が置いてある。きっと誰も知らない。

水の湧く場所を探して、山の中を歩き回って、やっと見つけたそこを川の始まりに決めた日から、この山は私たちの山になった。

本当は子供だけで山を歩くことは、夏枝さんから固く禁じられていた。でも紫織は山を歩くのが誰よりもうまかったし、紫織と一緒なら、決して迷わないとわかっていたから、私は少しも怖くなかった。

私は運動靴を脱いで、丸めたソックスをその中に入れた。平らな岩に腰掛けて、裸足をそっと川に浸す。

冷たくて、あまりに透明な水に入れた足は白く、川底の黒い石を背景に薄く光ってさえ見えた。

水の中の足だけは少し、紫織の足に似ているような。

私たちが作った鳥居の脚の間から流れた水が、川を下って、私のくるぶしや指の間をくすぐっていく。

山道は虫たちの声や木々の匂いが充満していたけれど、その時は静かだった。川のせせらぎに守られて、熱気や、虫の声や、草いきれが遠ざけられているから。

「祐、貯水池に魚が入ってきてる」

穴を掘って、石で囲って作った池の中を覗きながら紫織が言った。私は振り返って紫織を見る。

足が濡れていて、靴を履くことができなかったからそのまま、岩の上で足を干す。川から引いた細い溝を通って入り込んだ水が池に溜《た》まって、反対側の溝から川に戻っていく。私たちはときどき、その出口にダムを作って遊んでいた。池は、浅いけれど小さな浴槽ほどの大きさになっている。その池の中を、ほらあそこにも、と紫織が指さしている。

池の水も澄んでいた。岩に座ったままでも、池の中で泳ぐ魚が見える。

紫織の真剣な横顔が見える。ざっ、と素早い動きで紫織が水をすくった。両手の中で水か、魚がきらめく。紫織は手の中をじっと見て、少し上向いたまま口を開けて、手の中の物をすべて流し込んだ。

私は紫織の手から、口から、水が弾《はじ》けるようにこぼれるのを見ていた。魚の尾が紫織の口の中から手を振るみたいに、パッと閃《ひらめ》いて、彼女の口の端を打った。

薄暗い山の中に、夏の日差しが反射して飛び散っていた。紫織は口を腕で拭うと、次の魚を捕まえて口に放り込んだ。

次々と、夢中で魚を捕らえる紫織は、しなやかな野生動物みたいだったし、一心不乱に魚を呑《の》み込んでいく姿は、この世ならぬもののようでもあった。

「神様みたい」

私の呟きは、川のさざめく音に流されて、狩りに夢中な紫織には届かない。私は濡れた脚を抱きしめて、ずっと紫織を眺めていた。

＊

一度目が覚めてから、どうしても寝付けなくて、外に出た。

私は駅の方に向かって、川沿いの開けた道を歩いた。

多恵ちゃんは今どうしているのだろうか。彼女は、もう五十代になっているはずだった。

昔と変わっている多恵ちゃんの姿は、想像できなかった。今も高田苑で木材に腰掛けて、背中を丸めて、あの頃のままでしゃもぬまを見ているような気がする。

昔は多恵ちゃんのことを避けていた。怖かったから。

高田苑に行って、多恵ちゃんに会いたいような気がした。多恵ちゃんは本当は優しくて、可愛《かわい》い女の子だった。今ならきっと、彼女に正しく接することができると思う。

まばらに聞こえる蛙の声や、人工の堰《せき》に川の流れがぶつかる音を聞きながら歩いている自分を、少し離れたところから見ているような心地で歩く。

本当に私は目を覚ましているのだろうか。本当の私は自分の部屋で、眠っているのではないだろうか。

駅の裏の通りからさらに二本奥の、昼間は誰も目に留めないようなビル。汚れて、もう何年も前に水も電気もなにも通わなくなったような、死んだかに見えるビルだけれど、夜になると明かりが灯る。

スナック、会員制のバー、パブ。アルファベットの名前だけ書いてある、おそらくはバー。

何軒かの店の看板が光って、中では今夜も人が酒を飲んだり会話をしたりしているのだと、小さく、しかし断固として主張していた。夜だけ、そのビルは生き返っている。

そのビルの階段を上って、二階の、奥から二番目の扉を開く。

誰もいらっしゃいませとは言ってはくれない中で、構わず、軽く会釈してボックス席に座る。まばらに座った男性客の、濁った眼がチラチラとこちらを見ている。

水を持ってきてくれた女性に、今日は美織は、と訊いてみる。途端に彼女が、ああ、と納得した顔になった。

「祐、来るなら言ってから来なよ」

美織はカツカツと急いでテーブルまで来て、向かいに座った。

「今日シフト入ってなかったらどうすんのよ」

「お酒飲んで帰るけど」

「ああそうそう、飲み物なににする？」

美織は慣れた手つきでメニューを開いて見せた。カクテルが並んでいる。

「おまかせ」

「一番高いやつね」

美織はカウンターの方に歩いて行った。

黒いショートカットの髪と、白い首に、青いドレスが良く似合っている。耳許で揺れる銀色のピアスが軽やかだった。

店内は煙草の煙や、酔った客の息や、古い照明で何となく淀《よど》んで見えるけれど、美織が歩くと爽やかな風が吹くように感じる。

美織は青いカクテルと、ドライフルーツとナッツの入った皿をテーブルに置いた。自分にも同じカクテルを用意している。そういえば、美織ももうお酒を飲める歳《とし》なのだった。当然だけれど。それでも不思議な感じがする。

「ブルーハワイ？」

「近い」

カクテルグラスに注がれたそれは薄く青白く、発光しているようにも見える、ケミカルな色をしていた。

「近所の工場からさ、こんな色の液出てることある」

「その工場で作ってるカクテルなの」

目を細めて冗談を言う美織。ともすればキツい印象を持たせる顔立ちの美織だったが、そうして笑うと誰か、とても優しかった誰かに似ているような。

美織はよく見ると少し耳が赤くなっていて、目が潤んでいる。もう何杯か、飲んでいるのかもしれない。

グラスの細い脚を摘まんで、青い液体を少しだけ舐《な》めた。アルコールの味がする。かなりきつめの。

「青リンゴ。グレープフルーツの苦み？　と、レモン。カルピス。あと、青いアルコール」

「ブルーキュラソー、後は秘密」

「え、教えてくれないの」

「秘密の工場カクテル」

満足に食べていない胃に、アルコールが染み込んでいく。もう体が熱くなっている。酒には弱い方ではないはずなのに。

「祐さ、心身ともに休養不足、みたいな顔してる。前に取材で来た時も病人みたいな顔してたけどさ、今は死人みたいな顔になってるよ」

美織がテーブルの上に身を乗り出す。ドレスの胸許が開いて、白くてさらりとした鎖骨が見えている。美織はきっと裸でも、いやらしい感じがしないんだろう。

「仕事うまくいってないんじゃないの」

「わからない」

美織の顔から笑みが消えている。真剣な顔をしていると少し、怒っているようにも見える。

「怒られてるみたい」

「怒ってはいない。心配もしてない。見たまま言ってるだけ」

美織は笑わない。私たちがまだ島にいた頃、私になついてくれていた頃の幼い美織のままだったなら、この子は、祐が心配なのよと言っていた。それからぼんやりした私に、きっと本当に怒ってみせた。

はあ、と美織がため息をつく。

「一日に楽しいと思うことが一つもなくなったときは、うまくいってないのよ」

それなら、もう随分長くうまくいっていないかもしれない。私は黙っていた。

ナッツを摘まんで、指に付いた塩を舐めて、カクテルを飲む。美織の工場カクテルは少し粘りがあって、体の内側に青い液体が貼り付いていくようだった。

「紫織には会ってるの？」

「会うわけないでしょ」

美織はすぐに答える。吐き捨てるような言い方に、美織自身も気まずそうな顔になった。

「島にももう、帰らないつもりだし」

「一生帰らない？」

「一生帰らない。それに、死んだ後も。自分のお金でね、こっちに墓を買ってやるの。自分の骨が納まるくらいの土地なら買えるから」

「菅家とは縁を切るってこと？」

私が言うと、美織は顔をゆがませた。心底、嫌がっている顔。嫌悪感を最大限に滲ませたまま、美織は口を開く。

「もう切っているつもりでいるけどね。あんな家」

あの家には、優しさとか、愛とか、そういうのが一つもなかった、と美織は続ける。

「人を人とも思わない。他人のことを食い物にして、お金儲《かねもう》けのことばっかり考えて、たくさんの人に恨まれて。父も、祖母も、その前からきっと、ずっとそうよ。家族のことだって、道具としか思ってなかったじゃない。そんなものに私、なりたくない」

木製のテーブルは、人の手の脂や塩が染みて、よく光っていた。ひび割れの隙間には、煙草の灰か、食べ物の細かいカスが入り込んでいる。

「でも、友達はたくさんいたじゃない？　何人かは、まだ島にいるんじゃないの？」

友達なんていなかった。美織はそう呟く。みんな私じゃなくて、菅家って家を見ていただけでしょ。

美織は自分の指先を眺めている。白くて、筋張った指。少し荒れている。下を向くと、あまり紫織には似ていなかった。

「美織、昔と変わらないよね」

「うん」

店の喧噪《けんそう》が遠い。

「祐も、祐のままよ」

「そうかもしれない」

席を立った。グラスは空になっていた。

視界が少しぼやける。財布を出して、何とか支払いを済ませる自分を、脇で見ている感覚がした。

美織が店の外まで送ってくれる。

ビルの青白い蛍光灯の下で見ると、美織も少し、疲れた顔をしているように思えた。

化粧している顔は、若くて美しいけれど、子供の頃とは違う、大人の女の肌になっていた。これから美しくなることはもうない、そういう肌。

「帰れる？」

「うん、大丈夫。歩ける。酔い醒《さ》ましながら帰る」

「祐、誰も別人には変われないんじゃないかな」

「そうね」

「おやすみ」

酒の匂いと人いきれ、自分の匂い、美織の汗、喧噪。じっとりとした夏の夜の、吐瀉《としゃ》物《ぶつ》の匂いがうっすらと染みついたようなビルの廊下。

私はまた、川沿いを歩きながら、何かにつけられていた。

それは何か、間違いなくまずいものだった。うまく説明ができないけれど、関わらない方がいい何か。死のような、本能的に、避けるべきだと感じる何かだった。

気づかないふりをして、私は歩く。

後方に吹く川風が、酔いを少しだけ醒ましてくれる。

私は足を速めた。歩きながら、考える。それが死そのものだったとして、追いつかれたら私は死ぬしかないとして、だったらどうだというのだろう。

私は本当に、死にたくないのだろうか。

背後の何かが、走り出した気がした。

ゾッとするような、寒気のようなものが背後から迫ってくる。

私の歩く速さより、それはずっと速い。みるみる距離が詰められる。

しばしば苛《さいな》まれる不安感に似ている。心や脳が一切の刺激を拒んでいるような、あらがえない眠気に襲われるとき。または恐怖に似た神経の昂《たかぶ》りで、寝たくても眠れない状態に陥るときに。私は立ち止まり、目を閉じる。

もう追いつかれたと思うけれど、しばらくたっても、何も起きない。追いかけて来る気配は、無くなっていた。

私は目を開けて、ゆっくりと振り返る。暗い道、点々と街灯が灯る。何もいなかった。川の向こうを、人が乗っていない電車が走り去っていく。


その夜、私は、ほんの少しだけ眠っては目覚めてを何度か繰り返した後、夜明け前に、あのドアを叩く音で目を覚ました。

ついさっきまで、何か夢をみていたかもしれない。

私は、目を覚ましたときには既に、玄関の内側に立っていた。どうしてだったろう。とにかく、私はそれが自然で当たり前のことのように玄関にいた。またドアが叩かれる。

何かが、外にいるのは間違いなかった。酷く眠い。

コソコソと、ドアの下の方から音がする。夜分遅くに申し訳ないのですが、開けていただけないでしょうか。自力では、開けられないのです。とでもいうような、立ち消えそうなほど控えめな音だった。

それは慎み深く、丁寧な申し出のようだった。私はドアノブに手を伸ばしていた。開けてはいけない、とは思うのに、体が言うことを聞かない。ゆっくりと開いていくドア。それを押し開く自分の手が、自分のものとは思えない。薄くなった月明かりに照らされて、しゃもぬまがそこにいた。

「迎えに来ました」

しゃもぬまがそう言って、室内に入ろうとする。

私はすぐにドアを閉めようとしたけれど、しゃもぬまは既に鼻先を玄関に差し入れていて閉めることができない。私はその場から動かず、しゃもぬまもまた、軽くドアに挟まれていても、一歩も引かない。しゃもぬまの鼻水が、足にかかる。

私は、何も身に着けていなかった。申し訳程度に、腰にタオルを巻いている。誰も見ていないだろうけれど、ドアを開けていていい格好ではない。私はすぐにでも、ドアを閉めたかった。仕方なく、ドアを押してやる。

しゃもぬまはゆっくり部屋に入った。

しまったな、と思ったけれど、もう遅い。次第に意識がはっきりするのを感じる。ただ、本当にもうどうしようもなかった。私は既に、それを迎え入れてしまっていた。ちょっと、保留にしよう。明日も仕事で、今夜はほとんど眠っていないのだから。それに、とにかくもう私は疲れていた。何も考えたくない。

鍵を掛け直す。当然のように私の寝床に横たわったしゃもぬまから、少し離れた畳の上に転がった。

仕方ない。ノックの音に邪魔されずに、今すぐ眠ることができるなら、しゃもぬまが部屋で寝ているくらい、些細《ささい》なことかもしれない。

多分夢ではないけれど、私はこれが、夢であることを祈って眠った。

＊

私は島にいた間、何度も繰り返しみた夢をみていた。あの夢だ、とすぐにわかった。そのときの、事実通りの夢をみることもあれば、違う内容が入り込んでいることもあった。ただどちらにせよ、それは間違いなく悪夢だった。

紫織と別れて、家までの道を一人で歩いている。

海風が上がって来る小道には、近くの石垣から崩れ出た小石が散らばっている。

近所の夕飯の匂いと、潮の引いていく匂い。

この道を、日が沈みきるまでのわずかな時間に歩くとき、どうしてこう寂しさや、焦りのようなものを覚えてしまうのだろう。幼い私は、その、何かに追いかけられているような時間が嫌いだった。

夜空と境目のわからないほど暗い海に、手招きされている。海に沈んでいく夕日の、後を追いたくなる時間。

今思えば懐かしくて、愛《いと》おしい時間だったかもしれない。

粗いコンクリートの地面には、まだ昼の熱が残っている。足の裏が熱い。その熱を拭うように、ひんやりとした潮風が吹いていく。

その日は帰りが特に遅くなってしまって、西の空にはわずかに、浅葱色《あさぎいろ》が残るのみになっていた。蛍光オレンジの雲が二つか三つ、立ち消えそうに浮かんでいる。海よりも青い、群青の空。

母親が、もう帰っているかもしれない。そうしたら怒られてしまうだろう。日が沈む前には、帰る約束をしているから。

紫織と学校を抜け出したことは、もう母に連絡がいっているだろうか。そうだとしたら、心配している。怒られるだろうけれど、とにかく、早く帰らないと。

私はランドセルを揺らして、小走りで家に向かった。

きっと、一度夏みかんをランドセルの中で潰してしまったことがあったから、思い出したんだろう。私はそのとき、夏みかんを高田苑に置いてきてしまったことに気がついた。

ランドセルを空にして、そんなはずはないと思いながら、服のポケットも何度か引っくり返した。

川に置いてきてしまったなら、どんなによかっただろう。しかし何度考えても、私は夏みかんを、あろうことか高田苑の木材の上に置いてきてしまっていた。

どうしよう。手が汗で濡れていた。血が冷たくなったような感じがする。大変なことをしてしまった。

高田苑の方を振り返る。山の方はもう真っ暗になっていた。左右を木で囲まれた道は、数歩先が見えないほどに暗い。

その暗がりの中には、何かがいるような気がした。暗がりそのものが、一つの大きな何かかもしれない。

日が沈んでしまう。もう戻る時間は残されていなかった。

夏みかんを決して食べることなく、その木の下草を食べ、糞をして、夏みかんが実るのを助ける。それがしゃもぬまに課された、この世界での最後の修行なのだった。無事に修行を終えた彼らは、必ず天国に行くことができる。

だから私たちは絶対に、修行を邪魔してはいけない。彼らに夏みかんを食べさせてはいけない。それは、しゃもぬまに関する決まりの中で、特に重く、慎重に守られているものだった。といっても、それほど難しいことではない。

しゃもぬまは、水と、草以外は、人から与えられたものしか食べない。果樹園に転がっている夏みかんを、自分から口に入れることはない。

ただもし、皮を剝《む》いて、食べられる状態にしてある夏みかんが置いてあったら。それが忘れて行かれたものなのか、自分たちに与えるために置いてあるものなのか、判断することはできない。

島の、西の山肌を見る。逆光でほとんど見えないけれど、そこには島の人のお墓がある。山裾から、山頂にかけて、半ば山に埋もれながらも、たくさんのお墓が立っている。一番上の、大きな石碑に屋根がついたような形の塚は、山から飛び出しているので良く見える。しゃもぬまの首塚。

彼らには決まった弔い方がある。

まず、死んだしゃもぬまの、頭と体を切り離す。頭は、島の首塚に埋葬して、体は、海に返す。

彼らはどんな病気になっても、酷い怪我《けが》をしても、決して安楽死はさせてもらえない。必ず、天寿を全うさせる。

でももし、しゃもぬまが夏みかんを食べてしまったら。そのときは、そのしゃもぬまは、もう天国には行けないから、生きたまま首を刎《は》ねて、すぐに殺さなくてはいけない。

多恵ちゃんが気づいたはずだ。同じ場所に座ったのだから。きっと。食べてくれただろう。

大丈夫。もし高田苑に忘れて来たとして、それをしゃもぬまが食べてしまったとして、誰が、私がやったと知るだろう。私と、紫織しか知らないのだから。まさか、紫織は私を裏切るだろうか。裏切るかもしれない。そもそも、紫織は裏切るとか裏切らないとか、そんなこと、気にもしないいんじゃないか。

ザアザアと砕ける波の音も、滲むように消えていく夕日の残光も、なにもかもが私を急《せ》かしているようだった。

道端に置かれている白いしゃもぬまの像。大小さまざまの、首のない磁器の像たち。それは天国を駆けるしゃもぬまを表した像だった。島には至るところに置いてある。

現世でのささやかな欲と、罪が残った頭を捨て、古い体も捨て、本来の姿に戻ったしゃもぬまの姿。

つるりとして、凹凸のない胴体。そこから、細長い下向きの円錐形《えんすいけい》の脚がまっすぐに伸びている。

いくつかは倒れているし、とがった脚の先が欠けて、中の暗い空洞が見えているものもある。私は震える手を、倒れた像に伸ばした。けれど、怖くなってそれに触れることができなかった。

しゃもぬま像たちが、私を責めている。空洞に、私を吸い込もうとしている。

私は泣きそうになって、何度も手をズボンで拭って、家に向かって走った。

＊

私はビクリと体を痙攣《けいれん》させて目覚めた。起きる瞬間に、自分がはっと息をのむ音を聞いた。心臓が強く打っている。

空が、淡い桃色の幕を重ねた水色に染まっている。日が昇ってから、少したった頃らしい。起きるにはまだ早い時間だった。

隣で、しゃもぬまが寝ている。

馬はみんな、こんな風に眠るのだろうか。それとも、しゃもぬまだけなのだろうか。

しゃもぬまは四肢を折り曲げて、丸みのある腹を投げ出すように、横向きに転がって眠っている。

ときどき小さく、ピ、とかピスウ、と鼻から音を出す。ブハと口を開けて、何かを喋りかけたと思ったら、また口をつぐんで眠る。畳についた方の唇の端がめくれて、生まれたての赤ん坊の指のような、思いのほか白くて小さい歯が見えている。長いまつ毛が震える。私の頰にちょびちょびと鼻水が飛んでくる。ウサギのような耳がプルプルと振られる。

音を出すことを恥じているかのような昼の彼らからは、想像ができないほどにうるさくて、無遠慮な寝姿だった。

前脚に口がつくほど腹側に曲げられた頭は、静かに項垂れ続けている昼間のしゃもぬまと変わらないけれど。

しゃもぬまが来たことは夢ではなかったのだと、認めざるを得なかった。

しゃもぬまを家に入れてしまったことを酷く後悔する。ただ、仕方がなかったとも思う。

私は体を起こした。小ぶりなしゃもぬまだった。首の付け根から尻まで、四十センチくらいだと思う。

「しゃもぬま」

私は口に出して言ってみる。あなたのせいで、またあの夢をみた。島を出て以来、一度もみていなかったのに。

しゃもぬまは起きる気配もない。

私のせいだろうか。何年たっても、島を出てもやっぱり、あの日の夢をみる。鼻に残る潮の匂い。落ち着かない脈。朦朧《もうろう》としているな、と思う。酒に酔うのは好きだけれど、その感じとは少し違う。私は夢に酔っている。夢をみすぎている。

しゃもぬまの寝息がうるさい。

そっと手を伸ばして、腹に触ってみた。中身がしっかり詰まっているような弾力がある。熱くて、呼吸に合わせて動いている。

私は使っていなかった洗面器に水を張って、部屋の隅に置いた。

最近、私について来ていたのはこのしゃもぬまだったのだろうか。ドアを叩いていたのも。

纏足《てんそく》のような、小さな蹄で、何度もドアを叩くしゃもぬまを想像する。あまりに不格好だった。

腹を投げ出して寝るしゃもぬまが、怖いもののようにはどうしても思えなかった。本来ならそれは、私の死を意味するものだけれど。

可能なら、出て行ってもらおう。どちらにせよ、ひと眠りしてから。

多分出て行かないだろうと思いつつ、私はまた、目を閉じた。

「後藤さんが休むなんて珍しいよね」

デスク越しに、土井《どい》さんの声が掛かる。

私と、後藤さんとで適当に使っているデスクの下に、自分の荷物を置いた。デスクの前に立ったままで、土井さんに向き合う。

マツリカでは社員同士はさん付けで呼び合う習わしだったから、社長、所長、編集長、いろいろな役職名で呼ばれる土井さんが、正式にどういう役職なのかわからないままでいる。

「どうされたんでしょうか」

んんー、と、土井さんはメガネを外す。光にかざしてレンズを確かめているようだった。指紋がかなり付いていたけれど、そのまま掛け直す。

「連絡なし」

土井さんは頭を掻《か》いた。薄い髪が乱れる。下を向いて、そのまま視線だけを私に向ける。

「なにか聞いてない？」

私は首を振った。なにも。

「はあああー」

土井さんは勢いよく、ため息をついた。ああーと最後は力の抜けていくような声になり、そうかそうか、と椅子を回転させた。私に背中を向けるように、窓の外を見下ろす。

「戻ってくるといいけどね」

「戻ってこないこともありえるんですか」

「そりゃあそうでしょ。連絡が取れなくなって、それきりみたいな人もいないわけじゃないよ。きちんとしてた人とかでも、急にいなくなっちゃうのよ」

土井さんは少し顔を上げて、指を折りながら、ふんふんと小声で呟いた。戻ってこない人を数えているようだった。

だが思い出せなくなったのか、数えきれなくなったのか、最後には眉を上げて、首を少しだけ傾《かし》げてみせる。

「困るよ。ほんとに」

土井さんはまっすぐ私を見る。彼はいつも目を見開いている。

「そしてさっそく困ってる。呉《くれ》大先生の原稿がね、遅れてるの。締め切りはね、まだいいんだけど。でも早いに越したことはないよね。今までは後藤さんがうまい具合に、早めに原稿貰ってくれてたからねえ。待木さん、行ったことあったよね」

「後藤さんについて、一回」

「なら大丈夫。大丈夫だよね？　ちょっと明日でいいから貰いに行ってきてよ」

大丈夫、なんだろうか。道順くらいしか大丈夫と言えることがない。

後藤さんと呉先生の家に行ったとき、先生は薄暗い玄関先で原稿を渡して、満足に話さないままに奥に戻って行ってしまった。手から手へ、原稿が移るところを見たことがあるだけで、先生がどんな声をしているのかもよく知らない。

住所、本名、原稿を差し出す手首、それから筆跡、呉先生について知っているのはそれだけだった。

「大丈夫、先生も最近はお暇だからね。原稿はきちんと書いてくれてるだろう。取りに行くだけ、取りに行くだけ。ただ僕らじゃちょっとね、先生難しい人だから。だいたいメールでデータ送ってくれたらどんなに楽か、ねえ」

ねえ、と同意を求める土井さんに、私は曖昧な笑みを返す。

土井さんは、急に声を荒らげて、ねえ、ともう一度言った。

はい。私は、それが大したことではないかのように、そっと答えた。

土井さんは怒りだすと手が付けられないところがあった。しかも何が彼の逆鱗《げきりん》に触れるのか、いまいちわからない。

「おねがいね」

後藤さん、いつ戻ってくるかわからないし、と言う土井さんに、私はただ、はいと答えるしかなかった。

しゃもぬまは、やっぱり部屋にいた。

朝コンビニで買ってみたサラダも、洗面器に張った水も、減っているのかどうかわからなかった。水にはよく見たら何かのカスのようなものが漂っていたから、飲んだのかもしれない。

うつむいて、部屋の真ん中で、ただじっと立っている。

ストッキングやブラジャーが乱雑に干してあって、クッションや、雑誌や、コンビニのレジ袋の点在する部屋に、しゃもぬまはあまりにも馴染まなかった。自分でもどうしてこんな場所にいるのかと、途方に暮れて見える。

「あの、島に帰ったらどうですか」

少し離れたところに正座して、私は呼びかける。しゃもぬまはぴくりともしない。見えているのか疑わしいほど伏せられた目の、長いまつ毛が少し震えているような。

「これからどうしたらいいんですか」

しゃもぬまは答えない。なんだか阿呆《あほ》らしくなって、私は部屋着を探し始めた。せっかく早く帰宅できたのだから、風呂に入って、ベッドで眠りたい。

風呂の前で、服を脱ぐ。玄関から部屋まで一続きになった狭いアパートで、脱衣所はない。ふとしゃもぬまと目が合った。視線が少し気になる。少し考えたけれど、気にするようなものでもないのかと思い直して、ブラジャーを外す。

視界の隅で、埃《ほこり》のようなものが動いた気がした。しゃもぬまが、玄関に向かって歩いて行くところだった。

ドアまでついて、物憂《ものう》げに振り向く。

「散歩に行きます」

「今ですか」

私はドアを開けてやろうにも、露《あらわ》になった胸を持て余して、無言で不満を訴えたが、しゃもぬまはもうドアに向き直って、微動だにしなくなっている。とにかく、行くと言ったら行くのだとでも言いたげな。

まだ、ほの暖かい服を着直して、しぶしぶドアを開けた。

しゃもぬまは前脚だけ外に出して、固まる。私が靴を履いたら、ようやく廊下を歩き出した。

半ば呆《あき》れ、眠気も覚めていた。私はドアに鍵をかけて、しゃもぬまに付いて歩いた。

しゃもぬまの蹄は、アパートの廊下でも音を立てなかった。静かに、厳かにしゃもぬまは歩く。階段は、体を斜めにして丁寧に下りて行った。

私はしゃもぬまの尻に生えた、陰毛のような黒い尾を見ながら歩いた。雌なのだろうか。生殖器らしきものは見当たらなかった。喋った時の声が女性のようだったから、なんとなく雌のような気がするだけで。

毛の色のせいか、貧相に見える体だけど、よく見ると肉付きはよかった。特に腿の外側の筋肉は健康的で、白い部分の毛の間からは、鶏の胸肉のような桃色の肌が見えている。

確かに、食べるとおいしいのかもしれない。しゃもぬまを食べるのは禁忌だけれど。大昔、食べた人がそのまま海に入って戻らなかったとか、そういう伝承があったはずだった。

しゃもぬまは滅多に仔《こ》を産まないから、食用にしてしまわないようにするための作り話なんだと、誰かが言っていた。高次さんだったろうか。

私はしゃもぬまに付いて行き、彼女が歩きやすいよう、誰かの自転車を移動させ、フェンスの小さい扉を開けてやり、行き止まりの道に入らないよう通せんぼし、甲斐甲斐《かいがい》しく仕えてやった。しゃもぬまはゆっくり、しかし躊躇《ちゅうちょ》せず進むので、しゃもぬまの道を守るのは一苦労だった。額や背中に汗が滲む。

しゃもぬまを死人の許に連れて行く高次さんは、そんなに大変そうには見えなかった。私には向かない仕事かもしれない。

彼女は灰色に汚れた工場と、誰が住んでいるのか知れない民家に挟まれた細い道を歩く。工場から垂れる薄青いような白い液体を踏まないか、ひやひやしながら付いて行った。しゃもぬまは意外と器用に歩く。

きっと誰も、風呂場の窓のすぐ裏を、台所の出窓の下を、庭の茂みの向こうを、私としゃもぬまが歩いているなんて思わない。この道は完全に、彼らの生活の裏側だった。会社から帰る途中には気づかなかったけれど、道には夏の夕暮れ時の、涼やかな風が吹いていた。

沈みかけているけれど、まだ地平線に達していない太陽が、燃えているかのようにあたりを照らしている。

しゃもぬまも夕日に照らされて、体の色が明るい灰色になって見えた。ムラがあってみすぼらしい常の体色より、いくらか綺麗《きれい》に見える。

しゃもぬまが工場と工場の間に入り込んで行く。私も何も考えず、ただ彼女の後ろに続く。足許の細い排水溝を、しゃもぬまは上手に避《よ》けて歩いた。溝《どぶ》の中では、死んだ虫や、枯れた草が土になった物が、端の方に溜まって湿っている。

鉄と、プールの塩素の匂いが混ざったような、独特の匂いがする。昼に降った雨が、はけ切らずに道をぬかるませている。

左右の壁に肩が当たりそうなほどの狭い道だった。ブロックが積まれてできた壁が、視界の端で後方にどんどん流れていく。

しばらくして、ふいに片方の壁が開けて、駐車場になった。もう片方は、何を売っているのかはわからないが、ショーウィンドウを有する小さな店になっている。

土手沿いの、細い道に出ていた。

夕涼みをしているらしい老人が数人、ベンチに座っていたけれど、誰も細い路地から出て来たしゃもぬまと、その後ろに従う私を気に留めてはいなかった。

存外、犬を散歩させているように見えるのかもしれない。しゃもぬまは頭が大きすぎるので、犬には見えなかったけれど。まさか誰も、しゃもぬまを連れているなんて思わないのだろう。

もしくは本土の人は、しゃもぬまをあまり知らないのだろうか。

私は島にいたとき、一頭だけで歩くしゃもぬまを果樹園以外の場所で見ると、少なからずひやりとしていた。少し違うけれど、霊柩車《れいきゆうしや》と急にすれ違ったときと近いかもしれない。

島の人ならきっと誰も、果樹園以外を歩くしゃもぬまがいたら、気になるはずだと思う。例えばこんな川原に、しゃもぬまがいたら。そのしゃもぬまに付いて行く人がいたら。どうするつもりなのかと、気を揉《も》んでしまうのではないだろうか。

しゃもぬまはずいずいと土手を上り、段の浅い石段を下りて、川原に向かった。私は石段に腰掛けて、上から、しゃもぬまを眺める。

しゃもぬまはまず、川原に生えている草を、慎重に調べていった。一番近くに生えている、葦《あし》のような細長い草の匂いを嗅ぎ、背が低く、葉の丸い草をそっと前脚で撫でた。小さな花のついた草は、あまり気に入らないようだった。半分枯れたような色の草の間をジグザグに歩き、結局、最初の細長い草を食べ始めた。空腹だったのかもしれない。

私はしゃもぬまが草をすりつぶすように咀嚼《そしゃく》するのを眺めた。

尻からは、丸い糞がぽろぽろとこぼれ落ちた。食べて、出して、トンネルのようだ。

私はしゃもぬまが果樹園で糞を踏みつぶしているところを思い出した。脚を拭く間もなくしゃもぬまを家に上げてしまったけど、一度ちゃんと洗った方がいいかもしれない。

私はスマートフォンを取り出して、美織の番号にかけた。

彼女は、昼間は二駅ほど離れた場所にあるペットショップで働いている。私は、仕事中の彼女の邪魔にならないように、手短に用件を言って、干し草を彼女に頼んだ。ウサギが食べているようなやつ、と伝える。ついでに、犬用のシャンプーも用意してもらうことにした。

しゃもぬまは満腹になったのか、石段を上がって私の横をすり抜け、土手の道を歩いていた。

迷いのない、満足気な後ろ姿がそのままどこか遠くに行ってしまわないか見ていたが、しゃもぬまは私を振り返った。

待っているらしい。私を。

私はまた、大人しくしゃもぬまに続いた。

明かりの絞られた店内は、賑《にぎ》やかで明るすぎるくらい照らされた昼の姿とは打って変わって、静かで落ち着いていた。

美織は、熱帯魚コーナーの片付けをしていた。ポンプを確認して、水が減った水槽の蛇口を緩めていく。

「ごめんね、遅くなった」

「いいけど」

振り向いて、立ちあがった美織の顔は、左半分だけ水槽の明かりに照らされて、青く染まって見えた。

ゴポゴポと、水槽に水が満たされていく音がする。薄暗い店内で、水槽が浮かび上がって見えた。小さな、貸し切りの水族館。

美織が、まっすぐ近づいてきて、私の腕、肘の少し上あたりを掴《つか》んだ。手が水のように冷たい。細く冷たい指が、私の腕の肉を断ち、骨を剥き出しにしようとする。美織は顔を覗き込むように私を見上げて、小さく震えている。泣きそうだ、と思った。子供のときの美織の顔が浮かぶ。彼女がときに見せていた、恐怖に怯《おび》える、捨てられた子供みたいな顔。

「殺そう」

美織の手が、さらに私の腕を強く掴む。血が止まりそうだった。きっともう私の腕には、赤紫色の、美織の指の形が残っている。

美織の黒い目の中に、青い水槽が映っている。瞳の中を魚が泳ぐ。濡れた瞳、迷子のような目。声を震わせながら、それでも気丈に喋る、小さい頃の美織のまま。

「しゃもぬまが来たこと、私と祐しか知らないんでしょう？　私は黙っているし、もう島の人間じゃない。誰かに知られる前に、しゃもぬまだけ、逝《い》かせてしまうのよ」

「早起きは三文の徳ってやつ」

美織は張り詰めたような表情から、さらに眉を寄せて、ああもう、と言い捨てた。肩を落とし、大袈裟《おおげさ》なくらい大きく息を吐く。

「あのねえ、ただ事じゃないんだからね」

「うん」

美織は本気で怒っている。私は島から離れて、少し、島のことを忘れてしまっていたかもしれない。

しゃもぬまが迎えに来るなんて、本当は大変なことだった。滅多にないことで、とてもありがたくて、光栄な。

今も島では、もししゃもぬまが来たら、家族の誰かを死なせるのだろうか。

きっと、そうなのだろう。島から離れて、それがおかしいというのは少しわかるようになったけれど、それでも、しゃもぬまに関する風習は、島では常識であって、厳格なものだった。もし島でしゃもぬまのお迎えが来たのに、誰も死なせなかったなんて知られたら。

「祐じゃなくて、家族の誰かが選ばれてるってこと？　ねえそれって、血縁がある誰かってことよね？　祐、結婚してないし、そうなったら、祐と血が繋がっている誰かって」

しゃもぬまを譲れるのは、家族だけだった。血縁関係がある人、もしくは、婚姻関係を結んだ人。

「ねえ誰かに譲るつもりなの？」

美織の指が、ついに私の腕を離した。白い指が、ゆったりと泳ぐ魚のように、空中に留《とど》まる。

答えられない。私はこの問題を、ちゃんと考えるべきだとはわかっている。けれど、本当に何も考えられない。

「わからない、けど、大丈夫よ。美織に譲ろうってわけじゃないんだから」

そんなに深刻な顔、しないでよ、と続けようとしていたけれど、私はそれを、口にすることはできなかった。

美織の白魚のような指が、ぱっと閃いて、したたかに、私の頬を打った。口の中が熱い、と思ったら、今度は美織の両の手に、肩を強く押された。私は尻もちをついて、湿った床に倒れる。

美織は泣いていた。顔を赤くして、薄い唇を震わせている。彼女は酷く怯えている。そしてそれ以上に、強く怒っている。私は戸惑っていた。立ちあがりもせずに、彼女を見上げる。

「もういい。わかった。これ持って帰れ」

美織はそう言って、流し台のような場所の下から、大きな袋を二つ取り出した。

小動物の餌として想像していたより、はるかに大きな袋だった。

肘に提げて、腕を少し持ち上げないと底を擦るほど大きい。

美織とは、もう何も言葉を交わすことができないまま、店を出た。袋が脚に絡まって来るのを、膝で蹴るようにして歩く。振り向くと、彼女の勧めるペットショップの、明かりがすべて消えたところだった。

餌が入った大きな袋が脚にぶつかってくるたびに、殺そう、という美織の声が、何度も脳内に響く。餌は干し草ではあったけれど、いくつか種類が入れられているようだった。私には、違いもわからない。

美織に言うべきではなかった。私は次第に、自分がしたことを理解してきていた。私は考えなしに、彼女に頼るべきではなかったのに。

電車が、間もなく来るはずだった。もうその次に乗ろうか、と考える。この大きな袋を、これ以上蹴りながら歩きたくない。ゆっくり歩いて、三十分ほど、駅で次の電車を待てばいい。それくらい、きっとすぐに過ぎていく。

＊

私が体を撫でると、犬は腹を見せて高田苑の土の上に転がった。

美織の犬にいつも泥の塊や砂が付いているのは、この子がどこにでも転がってしまうからだろう。

犬は美織によく懐いていた。紫織に甘えているところは、あまり見たことがなかったかもしれない。

私はその犬の名前を知らなかった。紫織はいつも犬と呼んでいたし、私にとっても犬は犬だった。美織と夏枝さんだけが、犬の名前を知っていたかもしれない。

島には他にも犬はいたけれど、雑種ばかりで、みな痩せていて、焦げ茶色や黒色だった。

老いていても、大型で、風に波打つ金の毛を持つ犬はやっぱり特別で、幼い私にとってはその犬だけが、正しく犬なのだった。

よくわからないけれど、菅家の犬なのだから、血統のようなものも、しっかりしていたのだと思う。

高田苑から見える波の反射と、夏みかんの硬質な葉の煌めきがよく似ていた。こんなに美しい景色を、私は毎日見ていたんだろうか。

美織が、私にぶつかるようにして縋りついてきた。

幼い美織だった。彼女は泣きじゃくっている。

「犬がいない、死んじゃった」

私はそう、と返す。どうして私に言うのだろう。あのときも、確か美織は泣きながら、私の家を訪ねて来た。脇腹のあたりに、美織の涙が染みて熱い。

「紫織が殺した。紫織が殺して食べた」

まさか、と私は思ったけれど、何も言わない。

「お父さんに言ったら、新しいのを買ってやるって」

それは、言いそうだな、と思う。けれどやはり、同意するにしろ、同情するにしろ、彼女を慰める言葉を私は持ち得なかった。そう、と、意味のない相槌を繰り返す。

私の声は、私の夢の中ではなくて、アパートの部屋の中に響いていた。寝言ばかり言っている。意識が部屋に向かっているのを感じて、私は口を閉じた。傍らの、美織に意識を集中させようとする。美織も、犬もいなくなっていた。

魚や、小鳥を捕らえてそのまま食べる紫織を、私は眩しいと思っていた。島の他の子供たちは怖がり、見下していたけれど。

初めて紫織に会ったとき、紫織よりも彼女が広げていたランチボックスに目がいった。夏みかん、リンゴ、マスカット、デラウェア、メロン。宝石箱のように果物がちりばめられたランチボックスを膝に乗せ、紫織はそれらを指で摘まんで口に運んでいた。

黄色いふりかけがたっぷり乗せられたごはん、不自然なくらい赤いウインナー、茹《ゆ》でたブロッコリー、甘い卵焼き。そういうお弁当とは違う、あまりに上品なお弁当だった。

菅家のお嬢様なんだな、とすぐにわかった。見て、あれえ、と小さく笑いながら、女の子たちはお互いを揺すり合った。山で動物、捕まえて食べてるからよ、と誰かが言った。

知ってるー、という声がいくつか上がる。

私はそのお嬢様が、生きた何かを捕まえて食べているなんて、一つも信じられなかった。

それでも、私も笑いこそしなかったけれど、同じような気持ちだったと思う。お高くとまっている、お金持ちの女の子。うらやましいような、見下すような、そんな。

そのあと、しばらくしてから、どうしてだったか、紫織がメジロを食べているところに出くわした。

山の中、捕まえたばかりのメジロを食らう紫織はあまりにも美しかった。力強くて、威厳があって。私はそのとき初めて、紫織の顔を見た気がした。

私は目が離せなくて、ただ紫織がメジロを平らげるのを眺めていた。

そのときから、私にとって紫織は、特別な存在になった。私たちは友達になった。私は紫織以上の友達を作ることはなかったし、紫織にとっても、私は一番の友人だったと思う。ただ紫織には、私しか友達がいなかった、それだけかもしれないけれど。

祐、と名前を呼ばれた。紫織だった。私は自分たちが、川の始まりの場所にいることに気づいた。

私たちで祠を作った場所。私は紫織がここで何をしたか、なんとなくわかっていた。

「ここがあなたのお墓よ」

紫織が私を撫でる。

「あなたは良くがんばったわ」

私は犬になっていた。

「美織を悲しませたくなかったんでしょう」

私は目を細めた。そうだった。

できるだけたくさん生きたけど、どうしようもなくなって、自分で遠くまで歩くこともできそうになかったとき、私は紫織のもとで息絶えることを選んだ。

その夜は特に、死んではいけない夜だった。理由は忘れてしまったけれど、たまたま美織が私を抱きしめずに寝てしまった夜だったかもしれないし、美織が私に、お休みを言い忘れた夜だったかもしれない。美織の帰りが遅い夜だったかもしれない。とにかく、死んではいけない夜だったのだ。

紫織は私を、美織が気づかないうちに連れ出して、ここに埋めてくれた。美織が知らない場所に。

「美織のことは、確かに、好きになってあげられなかった。だって顔が、あの人に似ていたんだもの。ね、ずるいでしょ」

私は紫織が、誰のことを話しているのかわからない。

「だからお父さんだって、私より、美織の方が好きだったんだわ」

ゴウゴウと響く音、夏みかんの葉擦れの音だと思っていたそれは、いつの間にか炎の燃える音に変わっていた。

橙色の火炎が、渦になって私たちを焼く。熱くはない。炎の向こうに消える紫織が、最後にチラリと私を見る。

＊

私はあまりの腹痛で目を覚ました。暗い部屋の中で、腹を守るように丸くなる。私の腸の中で、らせん状の刃物が回転しているような痛みだった。

額に滲んだ汗が、垂れて目に入る。トイレに行くか、薬を飲むか、とにかくどうにかしたいのだけれど、痛みが酷くて体を起こすことができない。次第に部屋が回っているような感覚に襲われ始める。めまいを起こしていた。ぼんやりとした吐き気もある。

私は腹をさすったり、腰をさすったり、何とか痛みを抑えようとしたが、一向に良くなる気配はなかった。

全身が冷えている気がする。タオルケットを腹に巻き付け、温めてみようとする。暗闇で何かが動く気配がして、薄目を開ける。私はその時まで自分が顔をしかめて、目を強く閉じていることに気づかなかった。

しゃもぬまが立ちあがった。脚が震えている。ふうふうと荒い息をして、具合が悪そうだった。

しゃもぬまの脚の震えが大きくなる。私はふと、有毒ガスのようなものが部屋に充満しているのではないかと心配した。窓は開いていて、変わった匂いはない。それでもなにか無臭の、私もしゃもぬまも、同時に体調を崩すような毒が。

私が何とか腹に力を入れないように体を起こしたとき、しゃもぬまは勢いよく糞をした。

夕方土手で出していた、小さく丸い糞ではなく、大きめの塊のような、水分が少し多い糞が、ぼとぼとと新聞紙の上に落ちる。

あっと思った瞬間に、私の痛みは嘘のように消えていた。痛みがどこかに飛び去ったように、一瞬だった。痛みの余韻もない。

しゃもぬまは、けろっとした様子で、再び寝床に戻る。

「なにそれ」

私はあっけにとられて、しばらくしゃもぬまの糞を凝視していた。糞の中に、食べていた草が絡まるように混ざっている。その草が消化できずに、腹を壊していたのかもしれない。

「自分が食べても大丈夫な草かどうかもわからないんですか」

私は無性に腹を立ててそう言った。理不尽なことを言っているとはわかっているけれど、理不尽な仕打ちを受けているのは私だった。

しゃもぬまは尻を向けて寝ている。

私は煌々《こうこう》と明かりを灯して、わざとガサガサと音をたてながらしゃもぬまの糞を片付けた。彼女は素知らぬ顔で眠り続けている。

時間がたって、怒りが収まるにつれて、今度は酷く恐ろしくなった。これがしゃもぬまに選ばれるということなのだろうか。彼女の体調不良が、私にも影響して、私まで腹痛に苛まれたのだろうか。

しゃもぬまだから、きっとそういうこともあるかもしれない。そんなわけないとも思うけれど、でも、しゃもぬまだから。

しゃもぬまは相変わらず、何事もなかったかのように寝入っている。

私はしゃもぬまの糞を入れた袋を、アパートの外のゴミ収集所に捨てた。古い街灯が一つ、アパートの駐車場を照らしている。蛾《が》と、何の虫かわからないような小さい羽虫が、明かりの中を飛んでいる。夕方より、集まっている虫の数は明らかに少なかった。虫でさえもう眠っているのかもしれない。もしくは死んでしまったのか。

星があまり見えなかった。夜空は雲で覆われている。

うっすらとしゃもぬまの糞の匂いが残る部屋で、私は横になった。ひとまず何も考えないで、目を閉じる。早く眠らなければならない。

＊

社用車に残ったままの、持ち主不明の傘をさす。

雨で霞立《かすみた》つ道路も、家の屋根もなにもかも、すべて白っぽい灰色に見える。それくらい、強い雨が降っていた。

このあたりはもともと、雨の量が少ない。そういえば島でも、強い雨が降ることは滅多になかった。今頃は、島でも雨が降っているのだろうか。ふと、濡れた夏みかんと、湿った家屋の匂いを思い出した。

私には大きすぎるくらいの傘の中にさえ、雨が潜り込んでくる。雨が下から降っているようだった。真夏の、夕立の降り始めのような、生暖かい雨。

帰りたいけれど、もはや自分がどちらに向かって歩いているかわからなくなっていた。私は何も考えず、機械的に足を動かす。

「良う降るね」

「あ」

気づかないままに、呉先生の家の玄関に立っていた。呉先生が、開いた引き戸の縁に立っている。いつから、戸を開けていてくれたのだろう。

呉先生は、低くしわがれて、雨の音に良く溶けるような声だった。何か言いながら、先生はゆっくり後ずさって、私を土間に入れてくれる。

戸を閉めると、少し、静かになった。先生は土間の隅の暗がりの中、天井の方に手を伸ばして、何か探っていた。痩せていて、背の高い先生はそうしていると柱みたいで、家の一部になってしまったようだった。先生はもう八十に近い歳だったはずだけれど、ずっと若く見える。腰が少しも曲がっていないからかもしれない。

ガラスの器に氷を落としたような音がして、ぼうっと白熱電球が灯った。

呉先生の、少し離れ気味の両目が、私を見下ろしている。先生の顔を初めて見たような気がした。

「すみません、こんな日に」

「僕はええけど。あなたが大変でしょ」

私は、家に上がるように身振りでしめす先生に、ここで結構ですから、と手を振った。

「濡れてしまっていますので、こちらで失礼します」

呉先生は奥に入っていった。私は土間に立って待った。髪から水が滴り、鼻の脇や、目の横を伝う。

ザアザアと、砂嵐のような雨音が、遠巻きに家全体を包み込んでいるようだった。

何も動いてはいないのに、電球の明かりでできた影が震えて見える。

呉先生が廊下を音もなく歩いてきて、私にタオルを何枚か手渡した。

「はい、これで拭いて上がればええがな」

「いえ、でも」

「ええから」

呉先生は奥で待っているから、と行ってしまった。

私は硬いタオルで、押さえるようにして髪と、肩と、腕を拭いた。濡れたシャツと薄手のジャケットが肌に貼り付く。生暖かい。

「あ、先生、あの、裸足で上がってもよろしいですか」

「よろしいよ」

暗い廊下に向かって声をかけると、そのまた奥の方から、返事が響いた。

私は濡れてしまっているストッキングを脱いだ。本当は、鞄《かばん》に入れたままになっている新品のストッキングがあったけれど、出しはしなかった。

しっとりとした木の廊下を素足で歩く。廊下は濡れているみたいに黒く光っていたから、私は自分の足の裏が、廊下を濡らしてしまっているかどうか判断できなかった。

何もない部屋だった。座卓と、座布団があるだけ。

座敷と、小さな庭との間に雪見障子があって、その向こうに縁側と、ガラスの引き戸がある。止めどなく雨の流れるガラスの向こうは、白い霞しか見えなかった。

「原稿な。まあできとるけど、ちょっとゆっくりして行きな。今じゃまだ、泳いで帰らんといけんで」

呉先生は笑った。この人は、こんな感じの人だったろうか。

口許は笑っても、目は笑わない。淡々として、感情の読み取りにくい調子で喋る。

先生が黙ってしまったので、私も所在なく、雨がガラスを伝う様子を見ていた。雨は、いっそう強くなっているように感じる。雲が厚くなったのか、外が少し暗い。ガラスの箱に閉じ込められたまま、池の中に沈められているようだった。少し白く濁った水。きっと触ると暖かい。

呉先生は座卓に肘を置いている。半袖のシャツの、袖の部分がのびて波打っていた。

先生の手は、見覚えのある先生の手だった。

筋張った手の甲に、関節が目立つ指。手そのものは、身長の割には、小さい。ペンダコができているだけではなくて、関節の少し上のあたりにも、硬そうな皮膚が盛り上がっている。

「編集屋さんからしたら、作家の手えなんて、珍しくなかろ」

「あ、いえ」

呉先生の目は、どこを見ているのかわかりにくかった。私を見ているのだとは思うけれど、私以外のどこかに、焦点が結ばれているような。

「ああ、ペンダコ。最近はワープロじゃけえできんのか」

呉先生は自分の手をまじまじと見詰めた。

いつから置かれていたろうか、座卓の上には薄茶色をした封筒があった。それは明らかに厚すぎた。今連載している小説の最終話のはずだけれど、それにしても、規定の分量をはるかに超えていると一目でわかる。

「新しいのをな、一本書いた」

　私が困惑しているのを感じたのだろう、先生が言った。

「適当にあんたが短くしてくれればええから」

　そんなこと、自分にはできないと言ったが、先生は聞いていないふりをする。相変わらず、自分の手を眺めて、何か考えているようだった。

「なあ、ワープロでポルノって、なんかおかしいわな」

「そうでしょうか」

「そら、ワープロよ。インテリじゃが。インテリな感じで、真面目な顔して、いやらしいこと書くんよ。おかしかろう。こんな下品な話やこ、手で、だだだだって書いてしまうんがええね」

　先生の手書き原稿を受け取った後、いつもそれを私と後藤さんでパソコンに打ち込む。入力作業は大抵、夜中まで行われる。開け放った窓には部屋の中しか映らなくなって、他の社員の帰った後で、二人何も喋らず、真面目な顔でパソコンに向かう。

　コチコチいう時計の音と、パチパチキーボードを叩く音だけが部屋に響く。一つしか点《つ》いていない青白い蛍光灯、廊下からは青すぎる光が差し込む。パソコンの画面の光。霊安室みたいにもの悲しい部屋。

私はその時間が嫌いではなかった。

事務所の中はキーボードの叩かれる音が満ちていて、小説の中では女が絶え間なく叫んでいるのに、私はどこまでも静かでいられる。

「後藤と私とで、先生の原稿をワープロに打ち込んできましたよ。真面目な顔をしていたと思います」

そう言うと、呉先生は笑った。そりゃ笑えるなあ、と本当に笑っている。目許に皺が寄って、ははは、と声にして笑う。楽しそうだった。こんな風にも、笑う人なのだなと私は妙に感心して、先生の開いた口の中を凝視していた。

「待木君も書くんでしょ」

「え」

「後藤さんから聞いたわ。小説」

「学生の頃、授業で少し」

「そ」

呉先生はそれきり黙って、窓の外を見ていた。

帰る頃合いだったかもしれない。呉先生はまた、雨に溶けたような声で何か言った。

「え」

私はどきりとして、先生を見た。

「先生、今、しゃもぬまとおっしゃいました？」

そこ、と先生は外を指さした。

首のないしゃもぬまが、雨の中を漂っている。灰暗《ほのぐら》いような白い雨の中で、真っ白いしゃもぬまが軽やかに跳ねた。島の、寺や公民館や、あちこちの道沿いなんかに置いてある、磁器でできたしゃもぬま像そのままだと思った。白くて、つるりとして、触るとひんやりとしていそうな。

人影も、いくつかあるようだった。

先生はまた、口だけで笑っている。

「俺も真似事《まねごと》だけにしとけばよかったわな。島から飛び出して、結局こんなんになって」

「ええ」

先生が島の出身だとは初耳だった。

「最近、どうしても島に帰りたくてな。一度も帰らんで、あんなに嫌って、飛び出したのに」

また、気づかないうちに座卓の上に、細長い木箱が置いてあった。

原稿の入った茶封筒の隣に、あつらえたように、しっくり収まる。

「あげる。俺はもう書かんから。こんなん書いとるじじいのペンやこ、いらんもんかな」

「いえ、そんなことはないんですけど」

「じゃあまあ、ええから持って帰って」

そう言って呉先生は、木箱を茶封筒の中に一緒に入れてしまった。

「しゃもぬま、もろうたげるわ。いらんのじゃろ？」

え、と私はまた聞き返す。

「先もそう長《なご》うないし、今更、死んで家族に会うのも恥ずかしいわ」

私は呉先生が何を言っているのか次第に理解して、部屋にいるだろうしゃもぬまのことを思った。

「まあ、こんなんと結婚せんといけんのは、嫌じゃろうけど。死ぬよりはえかろ？　しゃもぬま譲ってくれたら、そのまま、婚姻はすぐに解消するし」

雨の音だけが部屋に響く。

「はあ、あんたまさか、死にたいんか？」

私は答えられない。

「どうして、私のところに、しゃもぬまがいると」

「なんとなく」

呉先生は私が言い終わる前に答えた。先生は窓から目を離さない。しゃもぬまも人影も、今はもう見えない。

なんとなく、という言葉がのしかかる。私は恐怖を感じているかもしれない。

まあまだ雨はやまんから、ゆっくり考えてよ。

先生はそう言ったけれど、雨は急に弱まって、もう直《じき》にやんでしまいそうになっていた。

車に戻る頃には、雨は完全に上がっていた。ぬかるみを走って来た脚に、白い泥が散っている。膝のすぐ下あたり、畳に押し付けられていたところが、薄ら赤く変色していた。

＊

呉先生の原稿は、未完だった。それは明らかに途中で終わっていた。

社に戻って、私は濡れた服を着替えもせず、先生の原稿をパソコンで打ち込んでいた。先生の手書きの言葉をなぞって、文字をなぞって、先生の作った川を、流れ下るような作業だった。キーボードの上で、私の手は波に揉まれる葉のように、慌ただしく揺れていく。

水が山から湧き出して、その水が集まって、川になって、もうすぐきっと海に辿り着く。そこまでいって、川は、その手前でふっつりと途切れていた。

行き場を失った水は、私の指先で急にせき止められて、乱れて、私の中で渦を巻きはじめた。

それは間違いなく官能小説だった。濡れ場が一つもなかったけれど。それでも、今までで一番の。

筆を折った先生の最後の作品はそのまま、先生が渡してくれたまま世に出すべき気がして悩んだ。今も悩んでいる。電話をかけてしまったけれど。

「どうして、途中で止まってしまったんでしょうか」

私はうまく言葉が選べない自分にうんざりしながら、そう訊いた。

「野暮なこと訊くね。まあ当然か」

電話越しの先生の声は、より聞きとりにくい。

「続き、書きたかったら書いてよ。ペン、あげたろ。ああ、しゃもぬま譲ってくれるなら、書こかな」

そういうことで、じゃあ、と言って、呉先生は受話器を置いた。ツウツウという音が、船のソナーに似ている。水が、私の体を重くしていた。

しゃもぬまの朝は早すぎるし、夜もまた早すぎる。

家に帰って、しゃもぬまと川原を散歩する。

しゃもぬまは草の匂いを嗅ぎはするけれど、もう食べはしなかった。

夕食を食べて、風呂に入って、出た頃には日が沈んでいて、しゃもぬまはもう寝ている。私がベッドの代わりに使っていた寝床は、すっかりしゃもぬまのものになっている。日が昇る頃、しゃもぬまに起こされる。彼女は見た目にそぐわず軽やかに、私の上に飛び乗ることができる。そして想像以上の頑《かたく》なさで、私の上にしゃがみ込んで動かない。しゃもぬまの水と、餌の干し草を用意してやる。自分もレトルトカレーや、パンや、納豆や、とにかく何か簡単に用意できるようなものを食べる。しゃもぬまは家にいる間、決まった場所で糞をするので、そこに敷いた新聞紙を片付ける。

窓は不用心だけれど、匂いがこもるので開けたままにしている。不自由だと思っていたけれど、私はしゃもぬまのいる生活に馴染みつつあった。良くないな、と思う。これが日常になるのは良くない。そうかといって解決策は見つからなかった。しゃもぬまはあれきり喋らず、出ても行かない。

幼い頃からしゃもぬまについて、してはいけないことや、大切にしないといけないことを生活の中で教えられてきたけれど、彼らについて詳しく知ったのは、小学生になってからだった。

私たちは郷土学習の時間に、果樹園の歴史や、しゃもぬまについてまとめて、壁新聞を作った。そうはいっても、島にあるのは果樹園とその加工場、小さいけれど水産加工場、そしてしゃもぬまくらいだったから、毎年同じような内容の壁新聞が出来上がっていた。

しゃもぬまじゃない私たちのほとんどは、よほどのことがない限り、死んですぐは天国に行けない。何度も、何年も、いろんな地獄で罪を償って、頑張って、徳を積んで、いつかしゃもぬまに生まれ変われたら、そうしたらその次にやっと、天国に行けるらしい。

だからしゃもぬまのお迎えは、島でしゃもぬまと暮らす人々にとって、自分たちだけに許された、ありがたい、特別な救いだった。しゃもぬまに連れて行ってもらえば、必ず天国に行けるのだから。

私は、風呂場にしゃもぬまを押し込んで、体を洗ってやっていた。

しゃもぬまの伝承以上に、しゃもぬまの世話の仕方を調べておけばよかったと思う。しゃもぬまの洗い方なんて、島の誰も知らないだろうけれど。

水が飛ぶだろうと思って服をすべて脱いでいるが、しゃもぬまは大人しく、水はあまり飛んでこない。ただ裸になっただけの私はとても間抜けだった。

しゃもぬまは小刻みに脚を震わせている。シャワーは温水を吐き出しているので、寒いわけではないと思う。

彼女は固く目を瞑《つむ》っている。

私は謂《いわ》れのない辱《はずかし》めを受けても、決して動じません。ただこの時間が流れさるのを待つだけです。そういう顔だった。

あまりに真剣に嫌そうなので、悪いことをしている気持ちになる。罰が当たるのではないだろうか。

それでも、私はしゃもぬまを洗わなくてはならない。しゃもぬまが出て行かないつもりなら。

美織のペットショップで購入していた犬用のシャンプーを薄めて、しゃもぬまの体中を泡だらけにする。

古い布のようにごわついて見える体毛も、水に濡らすと柔らかい。自分の頭を洗うときのように、体中を手で洗った。内腿や、腹の皮膚は薄くて、その下の内臓や筋肉の柔らかさが伝わってくる。

震えるまつ毛に、雪のように泡がついている。顔も、できる範囲で洗う。

期待していたわけではなかったけれど、しゃもぬまは丁寧に洗った後に完全に乾かしても、美しくはならなかった。

毛は相変わらず、使い古した雑巾の色をしているし、毛の質もごわごわと硬質なまま。

ただ匂いは間違いなく、ましになっていた。美容院のような化学的な匂い。農場の、数種類の家畜の糞が混じったような匂いではない。

しゃもぬまは、もう何事もなかったかのような涼しい顔をして、干し草を食んでいる。疲れ果てているのは私だけだった。

まだ、二十時半を少し過ぎた頃だった。

後藤さんがいなくなっているからか、しゃもぬまが来たからか、理由はどちらとも言い切れないけれど、間違いなく家に帰る時間は早くなった。

最近は夕飯を食べて、風呂にも入ってから寝ている。眠れないこともあるし、夜中にも目を覚ますけれど、以前よりは健康だと思う。

私はしゃもぬまの丸まった背中を撫でてみた。しゃもぬまは嫌そうでもなければ、気持ちよさそうでもない。

床に置いた低い折り畳みテーブルの上に、呉先生からもらったペンが置いてある。

全体的に薄く入った木目はペイントされたもので、ペン先と本体を繋ぐ部分の金具は、縁から接着剤がはみ出して染みになっていた。きっと、それほど高価な物ではない。とても古い物なのは確かだけれど。

先生は、ああ言っていたけれど、彼の作品の続きを、私が書くことはできない。続きや、結末を想像することはできた。それは自分の中で渦を巻いている水を、今までの流れのままに、海まで一直線に、自然に流すだけでよかった。

試しに少しだけと、一度、会社のパソコンで続きの文章を書き足してみた。そのときだって、水の向かう先はわかっていた。後は流せばいいと思ったのに、私の指先を離れた水は、停滞し、水たまりを作り、一向に海まで流れていかないようだった。

もしくは、跳ねて、飛んで、海に落ちてはいても、川の流れとしては成立していない、そんなものが書きあがるばかりだった。

私は、置いてあった便箋の裏に、ペンで小さく水と書いた。インクが滲む。すぐに文字は潰れて、読めなくなった。

しゃもぬまが大きな欠伸《あくび》をしている。体をブルブルと震わせた。

もう寝ようとしている彼女のために、部屋の明かりを落とした。

紫織は今、どうしているのだろうか。

しゃもぬまは、私以外にも喋るものなのだろうか。

私は浮かんでは流れていく思考に身を任せて、考えているようで何も考えない時間を楽しんでいた。この無害な考え事たちは、大した感情を伴わない。

完全に寝入ったらしいしゃもぬまが、いびきをかいている。

本当に考えないといけないことは、今はまだ、考えないでいたい。

＊

手紙が、夏の果樹園に落ちて、風を受けている。

風で開いたそれを、私は覗き込む。

水、と暗く深い青色で書かれている。果樹園から見える、遠くの海の色。文字は滲み始めて、すぐに読めなくなる。文字の中から、インクが湧き出てきているようだった。

私は水の文字に、膝のあたりまで浸《つ》かっていた。

深い青、海の中に私は、自分から飛び込んだ。浮遊感があって、そのまま、何の衝撃もなしに、ぬるりと水の中へ落ち込んでいく。暖かい水が、脚の間や脇の下をくすぐる。

私は、下に下に沈んでいく。

私は、水槽の前に立っていた。暗い部屋の中、大きい水槽。

水槽は照明で照らされている。器具によって作られた波の影が、部屋に広がっていた。

水槽の中には、小さな男女が入れられていた。

私は水槽に貼り付いて、二人を見ていた。彼らは迷っていた。

それは、呉先生から預かった小説の、最後の場面だった。

私はその水槽を、覗いてはいけないと思った。けれどもう、目を逸《そ》らすこともできない。

二人は海に向かう。水槽の横には、ピンセットや、網が置いてあった。私は、いじらしい二人をピンセットで突っついてみたかった。迷って、あらぬ方向に向かおうとする二人を、網ですくって海に運んでしまいたいと思った。けれど干渉は不要だった。彼らはもはや、何もしなくても、海に向かうようになっている。呉先生がそうしたから。もしくは、そういう波が起きている水槽だから。

私は水槽に顔をつけるように、二人を見ている。

女の細い腕が、男に回される。物語が完成しようとしている。

「ははあ、やっと動き出した」

背後の、すぐ近くから呉先生の声がして、私はあっと声を上げた。びくりと体が跳ねる。先生が私の肩に手を置いて押さえた。ああ、今押さえられなかったら、目が覚めていたのに。

背後にぴたりと貼り付くほど近く、先生の気配を感じる。体が金縛りにあったように、硬くなって動けない。

水面のピチャピチャという音が、大きくなる。

先生が私の肩を押さえたまま、水槽に見入っているから、私は次第に水槽に押し付けられていく。視界いっぱいに水槽の中が見える。今以上に押し込まれたら、私が水槽の中に入ってしまいそうだった。

冷たいガラスの表面が、水のように揺らいでいる。これはガラスではなくて、水面なのかもしれない。

海の匂いがする。遠くから届く生臭い匂い。母が勤めていた水産加工場に染みついていた、海藻や、凍りかけの魚の内臓や、剝がれて乾いた鱗《うろこ》の匂いを思わせる。

ぱっと呉先生が手を離した。私は一気に、水槽から弾かれて、また水の中を揉まれながら上がって行く。

＊

息が。私は大きく息を吸い込んだ。

汗だくで、自分の部屋に座っている。

滲んで、自分の輪郭まで溶け出しそうなほど濃い夜だった。暑くて、暗くて、窓から少しも風が入らない。しゃもぬまの寝息が聞こえる。呉先生に押さえられた肩にはまだ、湿ったような熱が残っている。

部屋の明かりを点けるのは躊躇《ためら》われたので、いつだったか、誰かから貰って、ずっと置いていたキャンドルに火を点けた。しゃもぬまは気がつきもしない様子で、腹をこちらに向けて寝ている。

テーブルに向かう。呉先生のペンをインクに浸して、夢にみた景色をそのまま書いて行った。

滞っていた物語の渦は、私の中から消えていた。どこかに流れ出て行ったような。きっと、あの水槽に溜まっていた水がそうだったのだ。

私は夢の景色をそのままなぞっていく。

朝日が昇るまで、あと少しくらいだろうか。私はその小説を、ついにすべて書き終えた。

残りの便箋すべて、表裏にびっしり書き込んだものを、クリップで留める。これをまた、会社のパソコンで入力して、呉先生の家に持って行ってみようか。

迷惑だろうか。退屈しのぎに、読むくらいはしてもらえるだろうか。

迷惑でもいいか。作家人生も、自分の人生もなにもかも手放そうとしている老人の、最後の時間がどれほど貴重なものか、私にはわからないけれど。

でもどうせ手放すつもりの時間なら、少しくらい私が頂戴しても、いいのではないだろうか。

＊

私は高田苑に向かって歩いている。

月が明るい夜だった。何も持たずに歩けるくらいに。

母親は次の日が早かったから、二十時には寝室に入っていた。それを確かめて、家を抜け出した。初めてだった。夜に、こっそり家を抜け出すなんて。

私は罪悪感でくじけそうになりながら、左右のつま先が繰り返し、視界に現れるのを見ていた。そうして気づいたら、高田苑に着いていた。

高田苑の、柵の破れ目をくぐる。高次さんと夏枝さんは入口から入ればいいと言うけれど、紫織と私はここから入る方が気に入っていた。

茂みの中に腹ばいになって、果樹園を見渡す。あまりに静かだった。

何度も、毎日のように来ている場所なのに、怖いほどに余所余所《よそよそ》しい。

私はしゃもぬまを起こさないように、そうっと進んだ。

しゃもぬまは至るところで眠っているはずだったけれど、見当たらない。ところどころにある黒い茂みが、しゃもぬまだったのかもしれない。

高田苑の土はふかふかと軟らかく、歩いても足音は立たなかった。私たちが座っていたのはもう少し、苑の真ん中のあたりだった。私は置き忘れた夏みかんを探していた。

夏みかんの木の多く生えているあたりに、人が立っている。

私は、積んである藁と夏みかんの木の間に隠れた。

高次さんだった。何か、喋っている。

高次さんの見下ろす先に、多恵ちゃんがいた。しゃがんで、何かを抱きかかえている。イヤイヤをするように、額をその何かに擦り付ける。しゃもぬまだろうか。抱きかかえられているものは良く見えない。

授業中の教室に、飛び込んでしまったような居心地の悪さを感じた。誰にも見られていないはずなのに、見られているような落ち着かなさ。

高次さんが何か言って、多恵ちゃんが、ああ、ともぎゃあともつかない声で叫んだ。緊迫した声に、怖くなった。私は動けなくて、目を逸らすことさえできない。

肉を打つ音がして、多恵ちゃんが絶叫した。

高次さんがまた、多恵ちゃんをぶった。力いっぱいぶった。信じられなかった。高次さんはこちらに背中を向けていた。いつも穏やかな高次さんの、いつもと変わらない背中だった。かがんでいるから、いつもより小さくさえ見える。

そのときぶたれていたのが、私だったらどんなに良かっただろう。

自分がぶたれるよりずっと苦しく、重く、恐怖がのしかかる。それは今でも私にのしかかり続けている何かだった。私がぶたれていればきっと、それはこの時間に、落ちてしまっていただろうに。

高次さんは、また多恵ちゃんをぶった。多恵ちゃんは横ざまに転がって、腹ばいになる。顔を持ち上げて、高次さんを睨《にら》んだようだった。

目をいっぱいに見開いて、口からは涎《よだれ》を垂らしている。

手と足を滅茶苦茶《めちゃくちゃ》に動かして、何か叫びはじめた。

高次さんがまた、手を振り上げて、止まった。前方を見詰める。

ウォンウォンと、大型犬の吠《ほ》える声がして、犬が走ってきた。金の長い毛を大きく波打たせ、跳ねるように吠えている。リードを握った紫織が、夏みかんの木立から出てきて、高次さんを見詰めた。高次さんは、振り上げた手を、枯れていく植物のように戻して、紫織と向き合っている。丸まった、酷く沈痛な背中だった。

紫織は、白いワンピースのような部屋着のままだった。長い髪がまっすぐに垂れている。

月の光に照らされた、無表情な美しい顔。あんまりに美しくて、少し怖い。紫織は膝をついて座ると、多恵ちゃんの肩をさすった。

多恵ちゃんが抱えていたのは、やはりしゃもぬまだった。嵐の渦中にいながら、そのしゃもぬまは平然としている。何も見ず、ただ軽くうつむいて立っている。

高次さんは、そのしゃもぬまの、首と肩のあたりに、縄のようなものを括《くく》りつけた。ううう－と、長く伸びた多恵ちゃんの唸《うな》り声が、サイレンのようだった。多恵ちゃんは腹ばいになったまま、立ちあがらない。夏枝さんが入口の方から歩いてきた。私はできるだけ小さくなる。足音がすぐ近くを通っていった。

彼女は、多恵ちゃんのところに座って、まず紫織を抱きしめた。それから多恵ちゃんを抱え起こし、抱きしめて、赤ちゃんにするように背中をさすった。犬が夏枝さんにすり寄る。

高次さんは、しゃもぬまを連れて歩き出した。夏みかんの木々の奥に消えていく。しゃもぬまは大人しく付いて行ったようだった。黒っぽい塊が、高次さんの脇を歩いていく。

自分の血が流れる音が、耳の奥でうるさい。心臓はその輪郭がわかりそうなほど、強く打っている。それでも、どこか夢の中にいるようだった。もう終わりにしたい。逃げたくてたまらなかった。それでも目が離せない。私は高次さんを追いかけた。

柵の外側の、堀のように窪《くぼ》んだところを、隠れながら進む。背の高い草を揺らしてしまわないように。

入口から正反対にある勝手口のような小さい門をくぐって、高田苑を抜ける。

高次さんは高田苑から砂利が敷かれた細い道を通って、大きな岩がある浜辺に下りる。

岩に隔てられた、小さな浜辺。

高次さんは浜の砂と、草地が混じる場所の木にしゃもぬまを括りつけた。そのまま高次さんだけ歩いて、高田苑の方に戻って行く。

浜辺には隠れられるところがなかったから、私は道の向こうの茂みに身を潜めた。湿った草が、脚や顎の裏に貼り付く。

私は何が起こるか知っていた。

しゃもぬまの向こう、大きな岩と岩で囲まれるように、丸く黒い海が見える。満月が、静かな波の立つ水面を照らしている。

私はしゃもぬまに駆け寄って、縄を解《ほど》いて、放ってやればよかったかもしれない。高田苑に帰らせてしまえばよかったかもしれない。

けれども私は、彼か彼女の、静かな時間に飛び込んでいくことはできなかった。しゃもぬまが、私の助けを必要とはしていないと感じた。

しゃもぬまは動かなかった。縄がなくても、きっとどこにも行かなかっただろう。項垂れて、置物のように大人しく、自分の運命を受け入れている。

高次さんが戻ってきた。

高次さんは斧《おの》を、しゃもぬまの首に振り下ろした。しゃもぬまの体が跳ねて、首は石のように転がった。

音はしなかった。斧が砂にめり込んで、ジャリという音がしただけ。

頭は、しゃもぬまの首塚に納められるのだろう。体は海に返される。

高次さんがしゃもぬまの体を、高く海に放った場面が頭に焼き付いている。

月に照らされて、四本の脚が宙を舞って、重力がないみたいに高く高く投げ上げられる。

死体の脚の筋肉にようやく、切り離された瞬間の、脳の信号が届く。

投げ出された脚が、好き勝手な方向に曲がる。空中で、首のない体が踊りだす。

この夢は途中がどんなに事実と違うようにすり替わっても、最後は必ず、この終わりを迎える。首がないしゃもぬまの体が、宙を舞う終わりを。

そして私は文字通りに飛び起きる。投げられたのは、私だったのではないかと思うくらい、しばらくは浮遊感が体に残っている。

*

私は予防接種に連れて行ってもらうために、学校が終わってから、母のいる水産加工場に向かっていた。

予防接種は気乗りがしなかったし、紫織と帰れないのは嫌だった。でもいつもは会えない時間に母に会いに行くのも、一緒に診療所に行くのも、いつもと違う感じが楽しくもあった。

　母は、いつも働いている。朝は私が起きるより早く、早朝の水揚げの手伝いをしていたし、そのあとは水産物の加工場での勤務。漁のない時期には、九年母苑で働いていた。帰るのは大体、日が沈む頃だった。

　海の近くの加工場は、潮風にさらされて、色という色がすべて洗い流されてしまった後のような風貌をしていた。古いアスファルトの道路や、薄暗い山や、晴れた空や、そういう周囲にある物の何もかもに馴染むにはむしろ、これくらい色がなくなってしまった方がいいのかもしれない。

　上半分に、凹凸のある暗いガラスがはめ込まれたスチールの扉を開く。その扉は更衣室と休憩室が一緒になった部屋に通じていた。

　白衣に身を包んだおばさんが二人、長机に座っていた。母の姿はない。

「祐ちゃん？　ああお母さんもうすぐ来るけえここ座っとき」

　私はおばさんに促されるままに丸いパイプ椅子に腰掛けた。ランドセルを足許にそっと置く。長机は化粧板の端が乾燥して、剝げかけていた。私はその亀裂をなんとはなしに指でなぞる。

「翠子《みどりこ》さんも、ここでずっと働かなくたって、ね。祐ちゃんといてあげたらええがなあ」

白衣のおばさんが喋りだす。マスクと帽子で顔は良く見えない。白衣にはもう白いところがないくらい、魚の体液が染みついている。母の同僚のおばさんたち。今、その話をしないで欲しい。私は彼女たちが休憩室で時折話す、その話題を知っていた。子供の頃、娯楽のない島で何度となく噂《うわさ》された私たちの話を。

「ねえ、お金ならそれはもう十分、貰ってるんでしょう？　島に残ってるのも不思議だし、なんだかようわからん人よね。あの人に手を出された娘なんて、そんなに珍しくはないけどさ、でも島に残ったままなんてのは、ちょっとおかしいが。みんな、本土に行ってるんじゃない？」

二人は私が座っていることを忘れているかのようだった。私に構わず、話し続ける。

「やっぱり意地はってるんじゃないのお？　あんなことされて、旦那もいなくなってさ、被害者でしょ？　自分は悪くないのに島を出るなんて、我慢ならんのよ。負けん気が強いというか。顔は確かに可愛いけどさ、結局馬鹿な女なんじゃないの？　そんなだから、黄雲におもちゃにされんのよ」

おばさんたちは下品な笑い声をあげる。

「そういえば、菅家の先代も酷い女だったわねえ。ね、みんな怖がってた。目をつけられたら、終わりだって。人を苛めるのが、楽しみみたいな女だったじゃない？　そういうところは親子ね。やっぱり、似てんのよ」

「まだ黄雲はさ、そんなに島にいないから、私たちからしたらましな方よね」

そうよねえ。おばさんたちは笑うのをやめない。

「ねえ、それより祐ちゃん、だんだん似てきてるって思わない？」

「やっぱり、みんな言ってるのよそれ。可哀《かわい》そうにねえ、翠子さんも、いたたまれないんじゃない？　どうして産んだりしたのかしら」

それよ、ねえ、と深刻そうにおばさんたちが口を揃《そろ》えて囁く。楽しそうね、と思う。子供の私は、確か、傷ついたのではなかっただろうか。


私は母と手を繋いで、古い寺を回り込んだ通りにある診療所に向かって歩いていた。白か、灰色か。鈍い色の船が何艘《なんそう》か、小さい港に泊まっている。波が船の腹にぶつかる音を聞きながら、足許を見詰めて歩く。私の登校用の靴はマジックテープが古くなっていて、少し歩くと剝がれてしまう。脱げてしまうわけではないので、そのままにしていた。その、本来は足の甲を覆う部分が外側にあおられているのは、不格好だけれど犬の耳のようで少し可愛らしかった。私が小気味よく跳ねるように歩くと、耳も楽し気に弾む。そのときは、力なく垂れていたけれど。

私はあのとき、母を迎えに行ったとき、本当は休憩室の中には入らなかった。扉に手をかけて、ガラスの外から何となく中を窺《うかが》っていて、おばさんたちが話すのを聞いたのだった。そこに乗り込む気はしなくて、しばらく外で待っていたら、静かになった休憩室から母が出てきてくれた。

中身を少なくしたランドセルが、カタカタと音を立てる。

「注射、嫌なん？」

母がからかうみたいに、ニヤニヤしながら私の顔を窺う。そんなさ、思うほど痛くないでえ、と笑う母の頬を見詰める。リスみたいに、大きくて、アーモンド形の二重の目、笑うと高い位置に来る頬、つんとした鼻、小さくとがった顎。私も、母に似ればよかったのに。

「お母さん、萩祐君は本当に私のお父さんじゃないの？」

「ええ、急じゃなあ。萩祐君はお父さんじゃないよ。萩祐君はね、お母さんの彼氏で、祐の、祐のなんじゃろね？　友達？　いやわからんわ。それは祐と萩祐君の間で決めてよ」

私はそう言う母のあっけらかんとした感じに、何だか、何でもいいような気がしてきていた。塞いでいた気持ちも、さして取るに足りないことのように思えてくる。

「じゃあ私のお父さんは誰なんかな」

「んんんんー」

母は少し考えるように、視線を漂わせた。そういえば、この質問をするのは初めてだったなあ、と私は言ってから気づいた。訊かなくても、答えを知らないわけではなかったから。

私は考えている母の様子を見て、まさか本当のことを言ってしまうのではないかと不安になった。咄嗟《とっさ》に訊いてしまったけれど、私は母から、そのことを聞かされたくはなかった。

「わっかんないわ。そりゃあ、お母さんプレイガールってやつだったからね。ああ、モテモテだったたってことね。ちぎっては投げ、ちぎっては投げよ。相手が誰かなんて知らないし、まあ、そんなのどうだっていいことよ」

私は母が本当のことを言うつもりがないとわかって、ほっとして後の方の話をよく聞いていなかった。私の父が誰かということは私自身にとっても、私と母の関係にとっても、全く重要な問題ではなかった。それだけ確かめられれば、十分だった。

診療所はすぐ近くにあったはずなのに、なかなか辿り着かない。道がふわふわとして、勝手に形を変えているようだった。

私は母の手をしっかりと握っている。

こんなときは大抵、何かに追いかけられている。

思えば、私は子供の頃から、よく何かに追いかけられていた。

それは人そのものであったり、人の声であったり、視線、噂、不安、死、罪、とにかくありとあらゆる何かだった。

「お母さん、何か怖いのがくる」

私はそれらをうまく形容できなくて、何か、とか、怖いもの、としか説明できなかった。母はそういうとき、ただ何度も、大丈夫だと繰り返してくれる。

「大丈夫よ、何もないわ。私たちが感知しなければ、何もないのと同じなのよ」

「感知って何？」

「考えるってこと。なあんも考えないお馬鹿様には、どんなおばけも手を出せないのよ」

母は前を向いたまま、私の耳許で、さも特別なことを言うようにそう囁くので、私は笑ってしまった。気づくと、私は診療所の角に立ててある、ポストの前に立っていた。大人が普通に入れる大きさなのに、よくできたドールハウスのように小さく感じる診療所が、私は好きだった。白い壁に、濃い茶色の柱。分厚くて透明なガラスがはめられた窓、消毒液の匂い。

夏みかんが刺繍《ししゆう》された丸い椅子に座らされて、私は従順に腕を差し出す。扉や、柱と柱の間隔や、天井の縁が、何もかも一回りだけ小さいような部屋の中に、すっぽりと収まる先生が、茶色い瓶を手に取る。

その瓶の中には、薬指の爪くらいにカットされた脱脂綿が、いくつも閉じ込められている。ふわふわと、ひよこの群れのような姿が可愛くて、私はその中に指を差し入れてみたくて仕方ない。もしくは煮詰めすぎたお茶のように黒い消毒液を、その中に回しかけてしまいたい。かき氷みたいに。あるいは力いっぱい握りしめてみたい。瓶の中の半分くらい、一度に掌に収めて潰したらどうだろう。

私が脱脂綿を鷲摑《わしづか》みにするところを想像しているのに反して、先生は決してそんな風に、暴力的なことはしない。

先生は繊細に震えるピンセットで、脱脂綿を器用に一つだけ摘まみ上げる。優しく、他のひよこたちが起きてしまわないように。それからその一つだけに、消毒液の暗い汁を吸いあげさせる。

私の腕の内側の方に、先生は消毒液を塗った。

子供に予防接種をする工程の中で、一番慎重にしなくてはいけないのはきっと、脱脂綿を摘まみ上げるところだ。そのほかのところは、先生にとっては至ってどうでもいい。私の腕にチューブを巻いて、血を止める先生の手なんて、あの震えるピンセットで脱脂綿を摘まみ上げた手とは、全く違う手のようではないか。

私はぎゅっと目を瞑る。これから、何の気なく針が差し込まれる。無遠慮に、抗原を血管に流し込まれる。きっと酷く痛む。

＊

呉先生の家から、とうとう呉先生もいなくなってしまった。

先生の家は、一日で空だとわかった。それはもう、完璧な空き家だった。強く押せば割れてしまう、薄い外殻だけが残った、カタツムリのような。鍵がかかっていなかったので、私は勝手に、中に入った。

家の中には、本当に何もなかった。畳は剝がされて、壁に立てかけてある。ゴミもない。大きな家具も、家電も、捨て方に困るようなものが残してある、ということもない。完璧に空だった。

私はどこか、先生の死体が出るのではないかと感じていたけれど、先生はどこにもいなかった。

私がこの前通された部屋も、台所も、風呂も、トイレも、寝室も、そう広くない家の隅から隅までゆっくり歩き回ってみたけれど、死体どころか、先生の体毛さえ、一本も落ちてはいなかった。

何もないけれど、少し前まで人が暮らしていた家なのだと、なんとなくわかる。まだ少し、生活の暖かさが残っているような。死んだばかりの、死体みたいな家だった。

私は、二階の窓辺に腰掛けた。海が見える。海の向こうに、島が見えるような気がした。

鞄から、結末を加筆した原稿を取り出す。

先生の原稿は既に、加筆はせず、規定の長さになるよう短縮したものの提出を済ませていた。それはかなり不完全だった。それでも仕方がない。提出の期限も、字数の制限もある。仕事なのだから。

原稿の中で、水が渦巻いている。また、この奔流の行き場をなくしてしまった。やり場のない原稿が重い。

空の部屋が、かえってこの原稿を重くしている。この部屋の中身たちはきっと、この原稿の中に流れ込んでしまったのだ。

「最後の筆を、しゃもぬまの御礼《おれい》に」

私は原稿の表紙に、そう書き足した。

まだ間に合うだろうか。土井さんに提出した原稿は、そろそろ印刷所に回される頃だった。

私はスマートフォンを取り出して、土井さんの番号を呼び出した。

季節は初夏になるのだろうけど、日差しは十分に強く、気が遠くなるほどに暑い。

照り返しに目を刺されて、薄目しか開けられない。アスファルトの道路は、立ち込める熱気で潤んでいるように見える。ただ建物の白い壁と、その影だけが、怖いほどにはっきりとした輪郭を保っていた。超現実的な、加工した写真の中を歩いているようだった。他に歩いている人もいない。

建物ばかりの路地を歩いているからか、虫の声もしなかった。時々、どこかで信号が青になったことを知らせる音や、踏切の警報機の音が聞こえるだけ。

私は歩きながら、足許のマンホールや側溝の蓋を目で追っていた。そこに開いた穴の中が、あまりにも暗い。日差しが強すぎるから、影が濃すぎるのだろうか。奥行が感じられない。

まるで黒いシールを貼り付けたような見た目に、昨日夜遅くまでしていた、投稿写真の修整作業を思い出す。二十二時を少し過ぎた頃、私はすべての写真の恥部に、黒いシールを貼り終わった。

大学の、仏教学研究室に紫織がいるということはわかっている。今日もいるのかどうかは知らない。

遅めの昼食を駅近くで済ませてから、私は酷い眠気に襲われていた。衝動的にこんな場所まで来てしまったことを、早くも後悔している。

今日もまた、いつもの休日のように丸一日、眠って過ごせばよかった。覚醒と睡眠とを繰り返す、朦朧とした一日を。あまりに夢をみるから、少し眠るのが嫌になったのかもしれない。

自販機で水を買って、バス停のベンチに腰掛けて飲んだ。

次のバスは四十分以上先だった。時刻表のこんな空白の時間に、バス停に座っているのは私だけだった。

冷たい水が、喉を下って、胸の内側を伝うのを感じる。

車が目の前を通って行く。銅鍋《あかなべ》のような車体の色よりも、その影があまりにくっきりとしているので、影の方が本当の車のように思える。道の向こうには水が張られたばかりの田んぼと、影が逃げ込んだような暗い山と、薄青い竹林が見える。汗が目に入った。熱気で滲む風景が、さらにぼやけて、水槽の中を見ているようだった。

空はブルーハワイのかき氷シロップを思わせる、嘘みたいな青色をしている。

雲は一つもない。

私が住んでいる場所もここからそう遠くはないけれど、このあたりの方がずっと自然が多い。見渡せば、必ずどこかに山が見える。

私のアパートの周りは、建築物で塞がれている。土手のあたりに上がっても、見えるのは海辺の工業地帯や、地上にある高速道路や、線路沿いの金網や、どこか寂れて、武骨な無機物ばかりだった。

誰かが隣に座った。すぐ隣に。

田んぼに何か飛び込んだのだろうか。オタマジャクシが一斉に泳ぎだしたような水の波紋があちこちに起きて、水面が泡立った。

海の匂いがする。風の音がした。夏みかんの葉が擦れる音が。

高田苑の木材に座っていたあの頃が、怖いくらいに懐かしい。こんなに、島を恋しく感じたことはなかったように思う。

島そのものの片鱗《へんりん》のような、遠い気配が漂う。

私は彼女の方を見ないままだったけれど、隣に座ったのは紫織だとわかった。

「返してください」

紫織の声ではなかった。

私ははっとして横を向いた。白い服の閃きが目の端をよぎる。隣には誰もいなかった。

唐突に、躊躇なくドアがノックされた。

木製の扉が、荒々しくガタガタと音を立てる。宅配を頼んでいただろうか、咄嗟に思い出せず、反射的に返事をしてしまった。

しゃもぬまはゆっくりとした動きで、遠くを見るように顔を上げた。しゃもぬまなりに、驚いたようだった。

私は飲んでいた水のコップを窓辺に置いて立ちあがった。

ドサリと、なにか重たいものがドアの前に置かれたような音がする。

「久しぶり。入れて」

「紫織？」

懐かしく、少し変わっているけれど、忘れるわけもない声にドアを開ける。こんばんは、と紫織が言う。もともと細かった体がさらに細くなり、目許には疲れが滲んでいるけれど、声が紫織だった。ああ今度はちゃんと紫織らしい。

私は声も出せず、ただ彼女を招き入れていた。

「あげる」

紫織は一度ドアの前に下ろした箱を重たそうに持ち上げ、流しの前に置いた。爽やかな匂いが、箱を開けなくても漂っている。夏みかんだった。

紫織は何食わぬ顔で中へと入って行く。

私は足許の、夏みかんの箱を凝視する。どうしてだか、紫織の顔が見られなかった。

紫織の後ろ姿を、そっと窺う。肩甲骨を隠すくらいの髪。最後に見たときよりも短い。細い腰。裸足の踵《かかと》。浮き出した足の腱《けん》。

「うわ」

紫織がぎょっとした顔で振り向く。

こんなにも、紫織は人間臭い顔をしていただろうか。

「しゃもぬま」

紫織が確かめるようにそう言って、私は咄嗟に、体ごとぶつかるような勢いで、紫織を部屋に押し込んだ。

塩化ビニールの床から紫織の足が剝がれて、畳の上に乗る。紫織はバランスを崩して、畳に尻から転んだ。私は後ろ手に、ほとんど閉めたことのなかったガラスの引き戸を閉めた。この家にある、唯一の仕切り戸を。

ええ、と戸惑った顔の紫織を見下ろして、私も、自分がどうしてこんなことをしているのか、既にわからない。私は今たぶん、必死な顔をしている。困った顔かもしれない。どちらにせよ、追い詰められたような顔だと思う。

「誰にも言わないで」

私は膝をついて、座り込んだ紫織と視線の位置を同じにした。それが、私が今言うべき言葉だったろうか、わからない。

「言わない」

困惑し、怖がるように少し震えた口許。瞳は黒目と白目の境界が滲み、潤んでいる。まつ毛は震えていて、瞼は驚いた時のままの形で開かれている。けれど視線は揺るがない。彼女の黒目の中に映る私。私たちはお互いの顔を見詰める。

紫織は、こんな表情をしたことがあっただろうか。

きっとあった。よく、見ていなかっただけで。

「ごめん」

私は謝って、少し身を引いた。紫織が身じろいで、座り直す。紫織は、困ったような顔ではなくなっていた。静かに何か考えているような、そんな顔。

しゃもぬまはこの、ちょっとした騒ぎが自分のせいで起きたということは、きちんと承知しております、とでもいうように、しおらしく項垂れていた。

ええ。わかっていますとも。

私はその姿に呆れて、半ば感心している。私はわからない。何も。しゃもぬまに何がわかるだろう。

「どうするつもりなの？」

紫織がおずおずと尋ねる。私は、わからない、と正直に答える。何か訊きたそうな様子だったけれど、紫織は口を閉じた。

「ところで、どうしたの、急に」

「急じゃない。祐が、手紙くれたんでしょ。ちょうど夏枝さんから夏みかん送られてきてたし、あげようと思って」

私は結局、あの手紙を出さなかったはずだった。

紫織の髪は、汗で湿っている。彼女が持ってきた夏みかんの箱は、横幅が四十センチほどの、一般的なみかん箱だった。両手で持たないといけないくらいの大きさの。どうしてあの大きさのものを持って、こんな場所まで来ようと思ったのだろう。こんなに細い体で。

「せめて、連絡してくれればいいのに」

自分も連絡なしに紫織の大学に向かったのだから、人のことは言えないけれども。私は会えなければ別に、大学だけ見て帰るつもりだった。

案の定、会えなかったら夏みかんだけ置いて帰るつもりだったという紫織の答えが返ってくる。

夕飯を食べていないという紫織を伴って、最寄りの業務用スーパーに入った。どこか店に入ろうと誘ったのだが、紫織は家で食べたいらしかった。

夕方の、客の多い時間は過ぎていた。今頃たくさんの家族が家で食事を始めているのだろう。

スーパーの照明の中で見る紫織は、島にいたときのような、野性的で、自由で、威厳ある何かではなくなっているように見えた。

美しい顔をしているのだけれど、安物の服に、あまり手入れしていないような髪に、化粧っけのない顔に、何とも言えない、疲れた女の生活感がある。

日中は引きこもっていたが、夜になったのでふとサンダルをひっかけて、近所のスーパーまで来たというような、そんな不健康さが。

彼女が段ボール箱を持って電車に乗った姿は、多少なりとも異様だったろうと思う。

私たちは野菜の積まれた棚の前を歩く。春先に買っていた鍋用のスープが、まだ冷蔵庫にあった。それを見た紫織が、鍋にしようと言った。

私はカートを押しながら、紫織の後を付いて行く。紫織は棚の前をゆっくりと、他の客の流れを邪魔しながら歩く。鍋にふさわしい食材を吟味し、何度も手に取る野菜を取り換えて、時間をかけて選んだものをカゴに入れていく。

私はそんな紫織の後ろ姿や、横顔をチラチラと見ていた。紫織が、そんな風に買い物をしている姿が、どうしても見慣れない。見慣れなくて、どこか、痛々しい。

「白菜ないのね」

「季節じゃないから」

紫織が呟いたので、私が後ろから答えた。紫織はふうん、と上の空で答えて、野菜の物色を続ける。

野菜コーナーを抜けたとき、私たちのカゴにはミニトマトと、アイスプラントと青梗《チンゲン》菜《サイ》、エンドウ豆が入っていた。おおよそ鍋の具材とは思えなかったけれど、どうでも良くなって私は、ただ紫織の後ろを付いて行く。

肉は入れないのだろうか。紫織は精肉コーナーと鮮魚コーナーの棚には近づかず、その通路を覚束《おぼつか》ない足取りで進む。

精肉コーナーの中央あたりだった。紫織がふいに立ち止まって、さっと、髪を乱しながら振り向いた。

真っ白い顔をしている。肌の色が悪くなって、よく見ると、頬にまだらの模様が浮かんでいる。血の気《け》が引いて、肉そのものの模様が出ているようだった。死肉みたい。まだ、棚に並んだ肉たちの方が、新鮮に見えるくらいの。

切羽詰まった目が、私の目をまっすぐに見詰める。必死な、溺れながら助けを求める目。

「紫織?」

紫織は何か喋ろうとして、しかし口を開けられなかった。

必死に堪《こら》えてたけれど、唐突に胸から肩を波打たせてえずいたと思ったら、店の床に吐いた。

「ええ、ちょっと、何してんの」

うえ、と声を出しながらしゃがみこんだ紫織の、背中をさすった。ちょっと待ってて、と紫織を放置して、周辺を歩き回る。目が合った店員を呼んだ。

「どしたの、体調悪いの？」

「ごめんなさい」

トイレに向かって歩きながら、紫織は少しだけ振り向いて、精肉コーナーを見た。ちらっとだけ見て、またすぐに視線を足許に落とす。

「動物の死体が、気持ち悪い。あんなパックなんかに入れられてるのを見ると、怖くなる。どうしてかしら」

紫織は固く握りしめて、白くなった自分の手を見詰めている。私は紫織の言ったそのどうしてが、何をさしているのか、わからなかった。どうして紫織が気持ち悪くなるのか。もしくは、どうしてみんなは平気でいられるのか。それとももっと別の。私は黙っていた。

トイレの手洗い場で、紫織は何度も口をゆすいだ。蛇口から出る水を、掌で受けて、バッシャバッシャと口の中に水をくぐらせる。顔にも、ぶつけるように水をかける。水を飲んでいるのか、吐いているのか。紫織の口の端から、魚の鱗に似た雫《しずく》がいくつも飛びだす。

紫織が咽《む》せる。溺れているみたいだった。震えている、薄い肩。

「帰ろうか」

鏡の中の紫織に向かって、そう声をかける。うん、と紫織は子供のように小さく頷いた。

結局、野菜だけ買って帰って、約束通り鍋を作った。

畳の上に折り畳みテーブルを据えて、スープカップと、丼ものの器を並べる。鍋を食べるには大きすぎるか、小さすぎる食器だけれど、他にふさわしい食器を私は持っていなかった。割り箸と、コップと、マグカップを置く。それだけで、テーブルの上はほとんどが埋まってしまった。

コンロに置いたままの鍋から、好きによそってきて、テーブルに向き合う。

紫織が飲むと言ったので、買ったまま飲んでいなかったビールをコップに注ぐ。

紫織は小さめに切ったアイスプラントを箸の先でつついてから、ついばむように口に運んだ。表情を変えずに咀嚼する。ビールをごくごくと飲んだ。思ったよりも勢いよく飲んでいく。

「吐いたばっかりなんだから、先に胃に食べ物しっかり入れた方がいいんじゃない？」

紫織はそうね、と言ってまた野菜の欠片《かけら》を摘まみ、ごくごくとビールを飲んだ。

髪が、首から肩を、流れるように伝う。子供の頃、私の前を走る紫織の髪が、光をきらきらと反射するような、硬質な艶を持っていたことを思い出す。それでも触ると柔らかそうな、魅力的な髪だった。

今もきちんと手入れをすれば、もっと、美しい髪のはずなのに。傷んだ表面の毛が、跳ねたり浮いたり、ゴワゴワとしてしまっている。

昔に比べて、そういうものに頓着しなくなってしまったのだろうか。そういえば、昔も特に紫織は身なりに気を遣っているようではなかった。夏枝さんがしてくれなければ、自分では何もできないのかもしれない。

紫織は野菜を次々と、一切れずつ拾い上げては口に運んだ。視線は横に流され、押しやられた寝床に立つしゃもぬまを見ている。

紫織はしゃもぬまから視線を動かさないまま、機械的に野菜を拾い上げる。

ビールのコップを倒さないかとか、見当違いのところに箸を下ろさないかとか、そういう心配は無用だった。何年も繰り返してきたかのように、彼女の動きは慣れていて、淀みなかった。

「今日、紫織に会いに行ってた」

「え。大学に来てたってこと？」

「そのつもりだったんだけど、山の前のバス停まで行って帰った」

なんで、と私を見る紫織に、おばけが出たから、と答える。

「どんなおばけ？」

「それは」

紫織に似た、と言おうとして止《や》めた。

「女の人。白い服の」

「ふうん」

紫織は興味があるのかないのか、わからないような微妙な反応をした。箸は相変わらず、規則正しく器から野菜を摘まみ上げている。

「白昼夢ってやつ？」

「そうかも。わからないけど」

紫織は黙々と野菜を食べている。何も尋ねてこないけれど、私の話を聞く気はあるのがわかる。

そういえば子供のときはもう少し、視線が鋭かったのに。まっすぐで、恐怖や謙遜なんかが何もなくて。今の紫織は、どこか怯えて、何かを窺うような、従順な目をしている。黄雲が好きそうな目だと言ったら、紫織は喜ぶのだろうか。

おばけらしい彼女に会ったときのことを説明すると、紫織はふん、と鼻を鳴らして、バスね、と口の中で言いながら、何か考えているようだった。

「わからないけど。そんな時間のそんな場所に、今の祐みたいなのが行ったら、おばけが出ても仕方ないのかもね」

私はよくわからないままに、そうなのかもね、と相槌を打つ。

「仏教学って、そういう研究するものなの？　おばけとかの研究」

紫織はふふ、と小さく笑った。少しふやけたような口許。酔っているのかもしれない。よく訊かれることだけど、たぶん、祐が思っているようなことは研究したことない、と紫織は答える。

「除霊とかできないし、研究してても見えるようにはならない」

私が訊こうとしていたことを先に答えて、紫織は笑っている。そうしていると少し、窪んだ頬が膨らんで、健康的に見えるかもしれない。

「ああでも、お経は読める。読経《どきょう》は必修で」

「大学の仏教学科に来てる人って、お坊さんになる人たちが多い？　紫織は尼さんになる？」

「ううん、ならない」

紫織は表情を変えずに即答する。短い沈黙。紫織は口の中のものを飲み下した。

「私、地獄の研究してるの」

「地獄の研究？」

「そう。便宜上、地獄って言ってるけど、定義は難しくて。その、島で言うところの、しゃもぬまが行く天国じゃないところが、全部地獄みたいなものとして？　経典も、民間伝承も含めて、時代とともに地獄がいかに変遷したのか研究してる。最後は地獄に堕《お》ちて、今の地獄が実際のところどうなのか見てみないといけないから、尼さんになって解脱目指すわけにはいかないでしょ」

「ふうん？」

本気とも冗談ともつかないことを、紫織は少し呂律《ろれつ》の回らなくなってきている舌で淡々と語る。私たちはその後もとりとめのない話をして、ビールを飲んで、鍋を半分ほど食べた。

紫織は見た目に反して、よく食べていた。私はほとんど食べていない。

部屋に漂うほのかな夏みかんの香りが、食後の気怠さを少しだけ拭ってくれているようだった。私たちは一つだけ剝いて、二人で分けて食べた。

「しゃもぬまの前で食べるの、何だか怖いわね」

紫織がそう言って、私はどきりとした。

紫織がおいしそうに果汁を吸いながら、ちらりとしゃもぬまの方を見る。しゃもぬまは目を瞑って、もう寝ている。ウサギのように長い耳がこちらを向いているから、寝たふりをしているのかもしれない。

「こんなにおいしいものが食べられないなら、天国には行かなくていいわ」

紫織の細くて筋張った白い指が、したたるように濃い橙色の房を摘まんでいる。

薄い膜の中は柔らかく、液体が詰まった袋のように見える。紫織の小さい口の中に消えたそれは、赤い舌の上で転がされ、やがて耐えかねて、どろりどろりと中身を吐き出す。

「ねえ食べないの？」

紫織がそう言って私を見る。開いた口の中にもう夏みかんはない。

「うんあんまり、食欲がなくて」

そう言いながら、一つ摘まみ上げて、部屋の明かりにかざしてみた。

発光しているように艶めいて、透明な果肉。ああ夏みかんだなあ、と単純に思う。子供の頃に抱《いだ》いたような、特別で、感動するような気持ちにはなれなかった。

嚙《か》むと、プチプチと、粒が弾ける感覚がする。酸味と、苦み。少し水っぽい。十分に熟れて見えるけれど、甘くない。はずれをひいたかもしれない。

夏みかんを平らげて、紫織は満足そうに、後ろに倒れた。

しゃもぬまの匂いがする、と目を閉じたままぼそぼそと呟く。

夏みかんとしゃもぬまの匂い、紫織の匂い。私は押し入れから、タオルケットを引っ張り出して紫織にかけてやった。

机の下にまっすぐに伸びて、紫織はもう寝ている。

酷く眠い。部屋の明かりを消して、私もゆっくりと横になった。体を丸める。耳の奥で、波の音が聞こえる気がする。返してください、と誰かが言う。夢をみているのだろうか。海と、誰か女性が見える。しゃもぬまの寝息が聞こえる。海に囲まれた、船の上、白い服。バス停のおばけ。


後藤さんが出社してきた。

朝、まだ誰もいないだろうと思って入った事務所に、後藤さんは一人立って、煙草を吸っていた。

後藤さんは何も変わっていなかった。いつもの服で、いつもの髪で、いつもの立ち姿。けれどどこか異質なもののようだった。ほんの短い間に、後藤さんはこの狭く、埃っぽい場所の一部ではなくなってしまっていた。

煙草を灰皿に押し付けて消してから、後藤さんは少しわざとらしいようなため息をついて、鞄から何か取り出した。

紐でまとめられた原稿用紙。後藤さんの字が綴《つづ》られている。小学生が鉛筆で書いたような文字だった。腕が擦れたのか、ところどころ黒く文字が滲んでいる。

「やる」

私にそれを手渡して、後藤さんは何か言いたげに口を開いた。私はその臆病で、煙草の匂いの残る空洞から言葉が出てくるのを待っていたけれど、何も出てこないまま、口は閉じられた。

「俺辞めるわ」

そうですか、と私は、間の抜けた返事をする。

「呉先生の最後の原稿、よかったな」

後藤さんはそう言って、背を向ける。

「てか、しゃもぬまって何」

後藤さんは、少しだけ振り向いて、笑っているような、怒っているような声で言う。怒っているのかもしれない。私が口を開くより前に、後藤さんはまあええわ、と言って、事務所を出て行った。

履き慣れたスニーカーが、廊下のビニール床を踏む音が遠ざかる。手渡された原稿用紙が、だんだんと重みを増している。

何だか理不尽だと感じたけれど、私はそれを言葉にすることもできないで、ただ足音を見送った。

ミシミシと、軋《きし》むようなセミの声が聞こえる。車が表を走る音、バイクが下の駐輪場に停《と》まる音。足音はもう聞こえない。暑い一日になりそうな、夏の朝の気配があった。

ずるい、と私は口にする。遅すぎた言葉は届くわけもないけれど。

後藤さんに渡されたそれは、彼が担当していた企画の最後の原稿だった。後藤さんと、モデルの対談をまとめたものらしい。モデル自身の言葉。後藤さんの言葉。後藤さんの手書きの文字。

「重たい」

溺れながら、なんとか水面に口を出した人のような声を出して、私はデスクから顔を上げた。はあ、と目をしばたたいて、日が沈みかけて、少し気怠いような色合いになった、事務所の中を見渡す。口の中が乾いている。

デスクの上に、クリアファイルと書類の山ができている。それらを押しのけ、さらに積み重ね、確保された隙間に発泡酒の空き缶がいくつも並べてあった。

絶対に濡らせない書類を移動させて、私たちは一日、この部屋で酒を飲んでいた。退廃的な味のする酒だった。朝から、職場で、後藤さんのことを考えて飲む発泡酒は。私と、土井さんと、後の二人、後藤さんを除いた四人で。

土井さんのいびきが地鳴りのように響いていた。机に突っ伏して、腕を投げ出すようにして寝ている。一人は既に退社していた。もう一人の社員は腕を組んで、肩を椅子の背もたれに押し付けたまま深く項垂れていた。寝ているらしい。

長机の中央に、後藤さんの原稿が置かれている。みんなそれをちらりと見ては、後藤さんの話をした。その原稿についてはひと言、土井さんが私の好きにするようにと口にした。

深くため息をついて、アルコールが回った体で空き缶を片付けた。小さな給湯室ですすいで、潰して、袋に入れる。

呉先生の件で、無理をした手前、もう後には引けなかった。

正直に言うと、もう頑張りたくない。

机の上に残された、今月号を手に取る。半分近く、呉先生の小説が掲載された異例の号となった。呉先生に読んで欲しかったのか、何も言わずに去られたのが不満だったのか、わからないが発作的に、私は自分が加筆した結末も含めて呉先生の原稿をそのままの長さで載せるよう、土井さんにかけあった。他の社員にも頼み込み、企画を調整してもらっていた。

らしくないことをしたような、後悔に近い感情がある。達成感はない。迷惑をかけてしまった。こんなことは、きっとあまり向いていない。

空き缶を大方片付け終わる頃には、事務所の中は夕焼け色に染まっていた。物の本来の色がわからないくらい。机も、後藤さんの原稿も、眠りこむ二人の肌の色も、境なく茜色《あかねいろ》。ぼうっとする。自分まで輪郭がぼやけて消えてしまいそうな。

迎えに来ました、と声がした。しゃもぬまがそっとドアを開けている。項垂れて、鼻先だけ少し部屋に入れるけれど、鼻先が夕日に染まったところで、恐れ多いとでもいうように、廊下の陰にすうっと引っ込んだ。しゃもぬまは、この事務所にはあまりに馴染まない存在だった。土井さんたちを、そっと見る。彼らは起きる様子がない。

「それは、どうも、ありがとうございます」

私は小声でしゃもぬまに言う。そのまましゃもぬまと並んで、家まで歩いて帰った。一人で出てこられるなら、私はどうして毎日、彼女の散歩に付き合わされているのだろう。


「おかえり」

当然のように紫織はそこにいて、私としゃもぬまを迎え入れた。

「あれ、帰らなかったの」

「ううん？　帰って大学行って、さっき来たとこ」

そう、と返して、私は服を脱いだ。サマーカーディガンとベージュのパンツは椅子にかけて、そのほかの服は洗濯機に入れる。

朝、出る時間になっても紫織が起きなかったので、スペアキーを置いて出ていた。鍵は郵便受けに入れておくようにメモを残したけれど、持ち帰って、また来たらしい。

紫織は畳の上でうつ伏せになって、本を読んでいる。古くて、大判の、研究の資料なのかもしれない。ノートが脇に広げてある。

「しゃもぬまが出たそうだったから、開けたげたの」

「普通は動物が出たがったからって出さない」

「そう？　でもしゃもぬまはいいんでしょ？」

帰って来ない方が、と紫織は続ける。本から顔を上げて、私を見る。目の下に濃い隈がある。私がどう言うのか、慎重に待っている。そうね、と私は答える。そう言われてみれば、そうかもしれない。その方が普通だったかもしれない。

「ねえ、しゃもぬまって、喋ってた？」

「え？　喋ってないけど。喋るの？」

私は改めてそう言われると、どうだか自信がなかった。私が、しゃもぬまが喋っていると思い込んでいるだけなのだろうか。

「祐、酔ってるの？　裸で立ってないで、風呂入んなよ」

「うん」

シャワーを浴びながら、今日職場で一日飲んでた、と声を出してみる。紫織には聞こえているのだろうか。シャワーの音で、返事は何も聞こえない。

「嫌いな人が辞めたんだけど、嬉しくなくて、むしろ困ってて、悔しくて、うらやましいような、逃げられたような感じで」

流したシャンプーの泡が口に入りそうになるまで、私はそうやって声を出し続けた。

声は紫織には届きそうになかった。水で流されて、排水口に落ちていく。どうしてこんなに、みじめな気持ちにならないといけないのだろう。捨てられた女みたいだ、と思う。それは口には出さなかったけれど。

紫織は私の部屋に入り浸るようになった。何があるわけでもないのに、気づくと来ていて、古い畳と同じような色をした本を広げている。

食事は、基本的にはそれぞれ勝手気ままに食べている。紫織が携帯を持っていないので、あくまでタイミングが合って、気が向けば、一緒に食べることもある。

紫織は我が物顔で部屋の物を使っていた。その代わりか、消耗品や食材などを買って来る。

しゃもぬまの餌や水を用意してくれることもあった。

「しゃもぬまの世話は、それは、しないわけにはいかないから」

しゃもぬまがどこかに行ってしまうのはいいけれど、彼女が傍《そば》にいる以上、その世話をしないという選択肢はない、というような口調だった。

紫織に世話を焼かれるのは不思議だった。それは彼女が自炊しているのが信じられないくらい、不完全な世話の焼き方だったけれど。

彼女は私があまりに食べていないと、食事を作って、食べるように促してくる。風呂にも入らずに横になっていると、夜のうちに済ませるよう言ってきた。私が休日に寝てばかりいると、しゃもぬま以上に強引に、私を散歩に連れ出した。

しゃもぬまの散歩を、代わってくれることもあった。

最初にしゃもぬまと出て行ったとき、随分たってから、紫織は息を切らして、一人で帰って来た。

「しゃもぬまは？」

「置いてきた」

どれほど走ったのか、汗で顔に髪を貼り付かせながら、紫織は畳に転がった。

そのあとすぐに、しゃもぬまは何事もなかったかのように帰って来た。ドアを蹄で搔く音に、私がドアを開けると、彼女は平然と部屋に入り、いつもの寝床に佇《たたず》んだ。

紫織は、ぞっとしたような顔をしていた。彼女はどこか、しゃもぬまを怖がっていた気がする。紫織がしゃもぬまを置いてきたのは、それが最初で最後だった。

紫織はカップ麺やコンビニ弁当を嫌った。それらを食べるくらいなら、スーパーで買ったリンゴやカブや、豆腐やモッツァレラチーズのような、とにかく生で食べられるものを齧《かじ》った方がいいらしい。私のストックしていたカップ麺は、いつの間にかなくなっていた。

しゃもぬまと紫織、彼女たちと過ごしていると、一人でいるよりは生活が整うようだった。それは完全ではないにしろ、少なからず私の健康に好影響を与えていた。

子供の頃、紫織と二人で暮らせたらどんなに楽しくて、満ち足りた毎日だろうと、何度も考えていた。

このささやかで、不完全な生活を楽しいと言うのかどうかは、今はもうよくわからない。

けれど私と紫織は、しゃもぬまについて、強いて話そうとはしなかった。それは問題を先延ばしにしているだけだとは、わかっていたけれど。

私はしゃもぬまと、駅に向かう土手沿いを歩いていた。

黄昏時《たそがれどき》の、薄明の空。

薄い雲に拡散された夕日が、あたりを灰色がかった色に染めている。あやふやで、どこか現実感のない色だった。

少しずつ店や、アパートの窓が明るくなる。

マンションの廊下に、星が瞬くようにちかちかと明かりが灯った。この時間になったらか、暗くなったらか、一斉に点灯するように設定されているのだと思う。

鈴虫のような、高く震える虫の声が聞こえる。セミの声も絶え間なく響いているけれど、真昼に聞くよりも寂し気で、涼し気だった。

夏の虫たちにとっての一日の終わりは、私の一日の終わりよりずっと深刻で、ずっと、鮮やかなのだろう。

川の向こうの線路を、鈍色《にびいろ》の電車が通り過ぎて行った。ガタンガタンと車体が跳ねる音と、踏切の音が微妙に噛み合わない。

轟々《ごうごう》と響く電車の音に、他の音はすべて掻き消される。走り去った後にはぬるい風が吹いて、押しやられていた音が恐る恐る戻ってきた。

しゃもぬまのペースは、電車の音にも何にも、決して乱されることはなかった。ただ、出会ってすぐの頃より、歩くのは少し遅くなっている。

彼女は川べりに生えた草を、順番に嗅いで、鼻を濡らしている。露の乾ききらない草が、私の足に触れる。

いつもこの時間に土手を歩く人は、しゃもぬまを見慣れたのかもしれない。訝《いぶか》しげな目を向けられることがなくなったように感じる。

バッタがしゃもぬまのすぐ近くから飛び出して、土手の方に飛び去った。しゃもぬまは、驚いたのか、バッタが飛んで行った方向に鼻先を向ける。そのまま、急に脚に力が入らなくなった、とでもいうように、尻から地面に崩れた。

私は彼女が驚いて腰を抜かしたのかと思い、少し笑った。

彼女は、腰を落としたまま、目を細めて動かない。何か考え込んでいるようにも、不甲斐なさを噛みしめているようにも見える。

いつまでも自力で起きようとしないので、私はすみません、と小声で謝った。項垂れた姿が、傷ついて見えたからかもしれない。

私は彼女の脚の付け根あたりを持って、尻を持ち上げてやった。高く上げすぎたのか、しゃもぬまは前に少しつんのめって、それから震える脚をきちんと地面につけた。私が手を離すと、何事もなかったかのようにちゃんと立って、地面の匂いを嗅ぎ始める。

背の高い草が、走って行く電車の風圧で、慌ただしく揺れた。

風でバラバラとめくれる、原稿用紙と似ている。そういえば、高架橋に反響する電車の音は、輪転機の稼働音とよく似ていた。

今日、後藤さんの企画の最後の原稿を入稿した。全く加工していない画像データと、少しだけ加筆した、後藤さんの記事を。

——後藤さんは、どうして今の仕事を選んだんですか?

モデルがそう尋ねる。無邪気に、少し呆《ほう》けた口調だったんだろう。

——どうだったかな。もう忘れてますね（笑）。

モデルと後藤さんの対談は、その文章で終わっていた。本当に、後藤さんはそう答えたのだろうか。笑いながら。そんな後藤さんは想像できなかった。この部分は、後藤さんの創作だと思う。この後に、モデルに対して、長い間ありがとうございましたと、明るくて平凡な言葉で謝辞が述べられて、記事は終わりだった。

写真が好きだったんじゃないんですか、と私は声に出していた。

お前、文章書きたかったんだろ、と後藤さんは私に言った。いつだっただろうか、夜、遅くまで後藤さんの話を聞いていたときのことだったと思う。

私は後藤さんにそんなことを言った記憶はなかったけれど、面接で言ったことが、社内で広まったのだろうと思い至った。

その頃は疲れて、文章を書きたいとか、何がしたいとか、感じることはあまりなかった。正直に言うなら、何もしたくなかった。

私は会社を選び、面接を受けていた頃のことを思い出しながら、はい、確か、と答えた。

後藤さんは私の歯切れの悪い答えには頓着せず、俺はな、と話し始めた。自分の話がしたかっただけと了解して、私は黙って頷いた。話の続きを、神妙に待っているような顔をして。

俺はな、写真が好きだったんだわ。

撮影ですか。私が訊くと、はあ、と後藤さんは短く返す。機嫌が悪くなったのか、単に聞き取れなかったのか、声の調子からは測りかねた。

私はそのとき、画像の加工をしている後藤さんの横に座って、画面を見ていたのだった。加工を教えてもらうという名目で。

「写真の加工、凄《すご》いですもんね」

後藤さんが何も喋り始めないので、私は苦肉の策として褒め言葉を絞り出した。後藤さんを下手に褒めると機嫌を損ねられ、もしくは照れ隠しに説教され、長い持論を聞かされる。

後藤さんは私の言葉に満足したのか、んなわけねえだろ、と言いつつも、雄弁になった。私は安心した。そうなるともう、ただ相槌を打つだけでよかった。

「プロの写真家志向になると、加工は邪道みたいなこと言うやついるけどな。加工も含めて、写真の完成度だから。特に俺らが作ってる雑誌なんて、写真が要《かなめ》だろ。まず表紙で売り上げが決まる。もともとのモデルの顔がいいとか、格好がエロいとか、そういうことじゃない。写真がエロいっていうのは。それが写真の腕というか、完成度というか、まあ、俺が全くできてないところなんだけどな」

私は、そんなことはないですよ、後藤さんの写真が全くできてないなら、私なんてもう、と機械的に答え、また後藤さんの話を聞く。そこから、どのような話をしたかは思い出せない。

——自分は、カメラで撮る方ですね。それからその加工。雑誌の写真撮る人になりたくて。

私は後藤さんの、対談の最後の言葉を改竄《かいざん》した。

何してんだ馬鹿、と怒ってくれればいいのにと思う。写真も、加工せずに載せているのを、何とか言ってくれればいい。絶対に来ないだろうけれど。

写真を加工せずに出したのは、ただその方がいいと思ったからだった。

どうして私なんかに、自分の企画の最後を任せたりしたのだろう。

呉先生も、どうして私に、あの小説を委ねたのだろう。二人とも、私が好き勝手した原稿をどう思うだろうか。

薄暗い道を、しゃもぬまの背中を見ながら、ぼんやりと歩いている気でいた。

私は頬に水が当たるのを感じて、目を開けた。そこで初めて、自分が目を閉じて、どうやら眠っていたらしいことを知った。

あたりがあまりにも真っ暗で、一瞬私は自分がどこにいるのか理解できなかった。深い穴の中を見ていると思ったが、水面が光をわずかに反射して、そこが川だと主張している。背中が草の露で湿っているような気がする。

しゃもぬまは私の近くで、大人しく佇んでいた。服が濡れている。弱い雨が降り始めていた。

「ごめん、ごめん」

私が立ちあがると、しゃもぬまも静々と歩き出した。

濡れて、少し小さくなったしゃもぬま。以前体を洗ってやったときよりも、一回り小さくなったように思う。

私は小走りをしてみるが、しゃもぬまはいつものペースで歩く。私も諦めて、しゃもぬまの歩調に合わせて、しっとりと濡れながら歩いた。

私は黄雲に会うために、夜道を歩いていた。

暗い道だった。いつもよりずっと、暗い気がする。雨で濡れた道路が、水面のようだった。黒い水の上を歩いている。

指定された店まで行く。営業しているのか、外観からはわからない。私は重たそうに見える鉄の扉を、そっと開く。思いがけず、カフェに入ったときのようなカランカランというベルの音がして、落ちついた雰囲気のバーの中に入っていた。

振り返ると、さっきまでいた暗い路地がある。扉の内側は木製で、飴色《あめいろ》の赤みがかった木に、凝った彫刻が施されていた。

私は促されるままに、薄暗いバーの、カウンターの一番奥に座った。カウンターのテーブルには木目が浮いて、琥珀色の酒の入ったグラスから垂れた水滴が、その木目を伝って伸びている。

店内に散った客はそれぞれが、それぞれの席で自分たちの時間に熱中している。私は爪の先で水滴に触れながら、本当に誰も、私のことなど見ていないと感じる。

会話も、BGMの静かなジャズもガラスの割れる音も、すべての音が混ざりあった店内は、かえって静かだった。私は次々と、出された酒を飲んでいった。酔ってしまいたいけれど、酒は一向に回らない。

私が入って来たのとは反対側の扉が開いて、外の湿気《しけ》た空気とともに、男が入って来た。店の外はうるさい。

扉が閉められた後もしばらく店内の空気は乱されたままだった。暑くないのに、手に汗が滲んでいた。店の床に敷き詰められた木のタイルが男に踏まれる音がする。近づいてくる革靴の、もったいぶった音。私はこの音を知っている。

「島から一頭、しゃもぬまがいなくなったんだよ」

「数えているんですか」

「ああ毎日ね。増えたとき、死んだとき、殺したとき、そしていなくなったとき、必ず報告させているんだ」

私は高次さんのことを思った。彼らがその任を負っているんだろう。

男は私の隣に座る。明るい灰色のスーツは、昔より多少脂がのったように見える体に、ぴったりと合っている。柔らかそうだが光沢のある品のいい生地。もちろん彼が着るために特別に仕立てられた、高価な物なのだろう。髪も、時計も靴も、顔も体もこの人はいつも高価だ。島にいた頃の、ブランドも何もわからない子供だった頃から知っている。

高級車に乗り、高価な服に身を包み、香水だったのか、何だか外の世界の匂いをさせていた。同じ物を着ても、普通の人では、こういう風にはならないとわかる。

生まれながらに、当たり前にそうしてきた者にしか出せないお金持ちの雰囲気。それを魅力的に思ったことは、ただの一度もないけれど。

「しゃもぬまを、俺に譲ってほしい」

天国に行きたいんですか。私は、皮肉を込めてそう尋ねる。黄雲は鼻を鳴らして笑った。

「可能なら行ってみたいもんだね。俺だって、地獄で先代の母や、祖母にまた会うなんて御免だ。だが、不可能だろうね。俺たちみたいなのはたとえしゃもぬまと死んだって、天国には行けないんだ」

俺たちみたいなの、私は聞き返す。

「わかりきったことを。菅家なんて、人を食い物にしてきた血筋じゃないか。俺たちは憎まれ、嫌われる。他の何も得られない代わりに、富を手に入れてきたんだ。必ず、地獄に堕ちる。堕ちなければいけない家系なんだよ」

知りませんよ、私は答える。血筋もだろうけれど、それとは関係なく、黄雲は地獄に堕ちるだろう。

黄雲と同じ血が流れていると、意識した途端に血が泡立つ気持ち悪さを感じる。自分の血を、抜き取ってしまえるならそうしたい。ここで。

黄雲は、私を見詰めている。見定めているような、値踏みするような冷たい目。追い込まれた獣のような、熱を帯びた視線。

黄雲は運ばれてきたグラスを受け取って、ありがとう、と呟いた。視線が外されたことに安堵する。店の音があまりにも遠い。水滴がねっとりとグラスを伝う。この男の汗のようで気持ちが悪い。どこも触れていないのに、黄雲に全身を押さえられている気がした。

「しゃもぬまは君を迎えに来たわけじゃない。しゃもぬまの目的の人物は他にいるんだと、俺は考えている。どうしてか、しゃもぬまはその人物と君を間違えて選んだ。まさか君が選ばれるなんて、盲点だったよ。そのせいでしゃもぬまを見つけるまでに、随分と時間がかかってしまった」

私は答えない。

「しゃもぬまを俺に譲れ。そうすれば金でも、土地でも、なんなら仕事でも、好きなものを用意する」

彼はグラスの液体を一気に喉に流し込んだ。

「どうしてそこまでして、私に頼むんですか」

私はそう口にして、言わない方が良かったかと、ふと心配になった。

「どういう意味かな」

黄雲は目を細める。黄雲がその気になれば、私に頼むことなどなく、しゃもぬまを攫《さら》うなり、なんなりしているはずだった。わかっているけれど、口に出すのはやはり、良くなかったかもしれない。私は口ごもる。

私が黙っていると、黄雲はああ、と口を開く。

「もう何度かしゃもぬまを君の家から連れ出そうとしているんだけどね、どうしてもできない。持ち上げて、連れて行こうとしても、気づいたら君の部屋に戻っているそうだよ。意味がわからないだろう？　島の人間も、本土のも、何人か試したんだけど駄目でね」

「私を殺すのも無理なんですか」

私は饒舌になった黄雲の言葉を、半ば無視して問いかける。

「そうだよ」

そうなのか、私は彼の顔を見ていた。殺そうとしたのか。

「なんて。君を殺そうとしてみたわけじゃない。調べたんだけどね。馬鹿げたことに、しゃもぬまを殺すも譲るも、選ばれた本人次第らしいじゃないか。しゃもぬまと天国に行くかどうかも、本人にしか決められない。君が天国に行くと決める前に死んだ場合、おそらく、しゃもぬまは次の誰かを選ぶことになる。まあもしかしたら、誰も選ばずに逝くのかもしれないけど、そこはわからない」

黄雲はするすると喋る。私はもう何の感慨もなく、ただの情報として彼の言葉を聞いていた。

「次に誰を選ぶかもわからない。賭けに出るには不確定すぎる。そうだろ。一番いいのは俺が手に入れることだ。確実にしゃもぬまを処分できる。全く、あのしゃもぬまというやつらは、本当に忌々《いまいま》しいものだね。理解に苦しむ」

黄雲は吐き捨てるように言う。私は額の汗を拭った。しゃもぬまをこんな風に悪く言うなんて、島ではありえないことだった。

「なぜ黙っている？　しゃもぬまを俺に譲りたくない？　ならどうする？　まさか本当に、死んで天国に行くつもりになっているのか？　そんなことしたら君のお母さんが悲しむ。たった一人の子供が自分より先に死ぬなんて、可哀そうだろう」

酔ったふりでもしているのか、黄雲は軽い口調でそう言った。口許には再び笑みを浮かべている。目は笑っていない。軽くうつむいた私の目を窺うように、顔を近づけてくる。黄雲の匂いがする。

黄雲が口にしたお母さん、という言葉が、とても気持ち悪い。

血が泡立つような不快感がなくならない。私は怒っているのかもしれない。

「母に言っても、何も変わりません」

「どうかな」

もちろん、母にしゃもぬまを譲る気はないけれど。それでも、その可能性がある人に、しゃもぬまのことを知らせたくはない。そんな話を母としたくない。

「あなたは島の外に、確実に地獄に堕としたい人がいる。その人が天国に行かなければ、かまわないんでしょう」

「ああ。ああ、そうだね」

顔をそむけ、黄雲から離れるように、椅子から下りた。

換気扇の音だろうか、ごうごうという音がやけに響く。店内には誰もいなくなっていた。ごうごうという音が、自分の内側から響く爆発音のような気がした。私はやっぱり、本当に怒っているのかもしれない。

「あなたにしゃもぬまを譲ることはできません。もう、譲ると言ってしまった人がいるので」

怒りすぎて、悲しい。飲み込んだ爆弾を、腹の中で爆発させてしまいたい。そうしてそのまま、消えてしまいたいような気持ちになる。

「誰にかな」

「天国に行きたがっていた小説家に」

私が言う。黄雲は笑う。

「嘘だろう？　しゃもぬまはまだ君の部屋にいる。君とその小説家は家族でもない」

どうでしょうね、私は答える。黄雲から表情が消える。婚姻ね、と呟くのが聞こえる。

「彼に譲ると約束してから、誰かに譲ると約束できなくなりました。私だって、彼がしゃもぬまを受け取りに来るのを待つことしかできなくて、困っているんです。今だって、あなたに譲ると言ってしまおうとしたのですが、どうしても言えませんでした。どうにかできるなら、してみてください」

私は本当に、やけになっているのかもしれない。足の裏や掌に、酷く汗をかいていた。黄雲もまた、苛立《いらだ》っているようだった。人差し指の爪で、何度もカウンターを叩いている。

「帰ります」

黄雲は何か考え込んでいる。もはや、私には視線を寄越《よこ》さない。

私はポケットをあさった。鍵と、いくらかお金を入れている袋を取り出す。

店員がトレーに伝票を乗せて立っている。私は袋から、ありったけのお金を出してそこに置いた。

家まで帰った道程《みちのり》が、ところどころしか記憶にない。

咄嗟に、呉先生を巻き込んだ嘘を吐《つ》いてしまった。怒るだろうか。

床の冷たさが足の裏から伝う。浴びるように、水をがぶがぶと飲んだ。二杯目の水を半分まで飲んで、コップをシンクに戻す。

明かりも点けずに、部屋に入る。ゴミ箱を思いっきり蹴った。中身が部屋中に散る。プラスチックのゴミ箱は騒々しい音を立てて壁にぶつかり、部屋の真ん中の方まで転がった。しゃもぬまが迷惑そうに、寝床で縮こまる。

私は熱いシャワーを浴びた。洗っても洗っても、黄雲の気配が体に残り続けている。

*

その日は急に、弱い雨が降り出した。私は紫織と、川に行く予定を変更して、地獄堂で雨宿りをしていた。

その御堂《おどう》は山の中腹あたりにあって、とっくの昔から使われていなかった。近くに新しいお寺が建っていて、島の人はそちらを使っている。

お堂は九畳くらいの古い木造で、入口の南京錠《ナンキンじょう》は壊れていた。

私たちはそこの引き戸をすべて開け、拾ってきた大きな葉を使って、掃除の真似事をしてから、横になっていた。

天井に、奉納された地獄絵が飾ってある。他にも、首のないしゃもぬまの巨大な絵馬が二枚。人の名前が書いてある札は、至るところに貼られていた。

地獄絵があるから、私たちはここを地獄堂と呼んでいた。本当の名前は知らない。

埃っぽいような、カビ臭い匂いと、濃い山の匂いが混ざっている。

晴れた昼でも暗い場所だった。雨の降っているその日は特に、明かりを灯したいほどに暗かった。私は紫織が大の字で転がっているのに倣って、仰向けで手足を広げて転がっていた。

暗い天井に、すすけたような赤い炎が立ちのぼる。炎は亡者たちを撫でるように、ゆるゆると形を変えていく。亡者の流す血か、炎か、わからないほど赤い。亡者の白い肌と、しゃもぬまの磁器のような白い体が、天井に浮かび上がって見えた。

「祐はきっと、天国に行けるよ」

紫織が天井を見たまま、そう言った。

「え？　でも一つでも悪いことしたら、地獄なんでしょ。無理だよ。しゃもぬまだけだよ。天国に行けるの」

「じゃあ、祐は、次はしゃもぬまに生まれ変わるよ」

「どうだろう」

私はしゃもぬまにはなりたくなかった。一日中草を食べて、糞をして、果樹園で眠って、そんな退屈な生活はしたくない。

けれど地獄は怖かった。炎に焼かれて、亡者同士で争って、鬼に打ち据えられて、生きていた期間よりずっと長く、地獄で苦しまなければならないなんて。

「天国に行けるのは、たぶん紫織みたいな子だと思うよ」

「絶対にないわ。私、生き物をたくさん殺しているもの。他にもたくさん、悪いことばかりしてる」

紫織はそう言って、自分の腕をさすった。腕に点々と、花弁のような赤いあざが散っている。それは仰向けになってはだけた服の下、脇腹のあたりにも点在していた。

「そうだけど、でも、天国だと思う。紫織もしゃもぬまになるかもよ」

紫織は、そんなはずない、と強い口調で言った。雨は弱いけれど、降りやむ気配はない。にわか雨だろうと思うけれど、あまりに降りやまないようなら、日が沈む前に諦めて帰らないといけない。

雨が木々を伝う音や、葉を打つ音があちこちで響く。

「お父さんが言ったの。俺とお前は間違いなく地獄に堕ちるんだって。だから私、お父さんと二人で絶対、地獄に堕ちるの」

私は体を起こして、紫織を見た。彼女は泣いているように、目の縁を赤く染めている。潤んで、熱っぽい視線。いつもと違う、妙に大人びた瞳。

わかっていたけれど、寂しかった。

「じゃあ私も、地獄に行く」

「祐は天国に行けるって」

「ううん、地獄に行く」

私たちはどうしてだか意地になって、地獄だの天国だの、ひたすら言い合った。何度も同じことを言って、最後に紫織が、ため息をつく。

「まあ来たいなら、来ればいいけど」

私はなんだそれ、とも思ったけれど、嬉しくて、少しほっとしていた。

黄雲がいるのは嫌だけれど、死んだ後も紫織と一緒なら、地獄でもやって行ける気がした。

地獄絵の中に、ひと際美しい女の人が描かれている。仏様みたいだった。地獄にも仏様が来ることがあるのだ。きっと紫織はあの仏様のように美しく、地獄でも眩しい存在になるに違いない。

美しい人に、手を伸ばす亡者たち。炎に焼かれていても、どこか幸せそうに見える。

私はきっとあんな感じ。

私は愉快になって、地獄絵を見ていた。みんないる。みんな地獄にいるのなら、生きている今と大して変わらないのではないだろうか。

一人で天国に行くより楽しいかもしれない。

「ねえ紫織、頭の上に地獄があるって変だよね」

紫織はそうだよね、と言って少し笑った。

＊

私は首を絞められていた。

暗い部屋で、きっと遅い時間だと思う。痩せた女が私に馬乗りになって、両手で私の首を摑む。真上から、ゆっくり体重をかけていた。

「紫織、苦しい」

紫織の表情は見えない。髪が垂れて、私の顔にかかっている。

「しおり」

紫織の手は緩まらない。強く絞めるわけでもない。同じ力で、ただ圧迫を続けてくる。

私はマツリカの雑誌で、こういった行為を性的なものとして特集していたことを思い出していた。

「お父さん」

私は、彼女の手首あたりを摑んでいた手を離した。それから腕の付け根に近いあたりを掴み直して、横ざまに彼女の体を倒した。

紫織の貧弱な体は、あっけないほど簡単に、投げ飛ばされるように畳に転がった。私がゴミ箱を蹴り飛ばして、ゴミを散らしたあたりに倒れ込む。紫織はサンドイッチの袋や、丸めた紙や、レジ袋にまみれた。

紫織の喉から、うっと嗚咽《おえつ》が漏れる。骨ばかりの肩が震えている。

私は立ちあがって、息を整えながら、紫織を見下ろす。紫織は泣きながら、お父さん、お父さんとうわ言のように繰り返した。顔は私からそむけられ、畳に額を押し付けるように伏せられている。

「なんなのよ」

私は紫織の横腹を蹴り飛ばした。足の指の付け根あたりに、紫織の腹の、柔らかい内臓が当たったような感触がする。私は布団に戻った。

畳の上で丸まっている紫織に、背を向けるように横になってタオルケットを被る。

背中から、ゲホゲホと咽せる声が聞こえる。ヒュウッと風を切るような小さな音が、荒い呼吸に混ざる。息ができていないらしい。息が整って、やっと静かになったと思ったら、今度はわんわん泣き始めた。

本当に、こんな風に子供みたいに、呆れるほど大声で泣けるものなのかと、私はかえって感心した。

振り返って、こちらを向いて丸まっている紫織を、できる限り全身を包むように抱き込んだ。私より背が高くて、脚も手も長い紫織を、私の腕の中に収めるのは多少無理があったけれど。

「本当にもう、なんなのよ」

私は呆れかえって、紫織の背中をさすってやる。せめて静かに泣いて欲しい。私が眠れないし、壁の薄いアパートの隣人たちだって、今夜の騒々しさにはさすがに、目を瞑ってくれないだろう。

紫織は泣き続ける。お父さん、お父さん、と私の顎の下から聞こえてくる。シャツの首許が生暖かい。私は背中をさする。優しく優しく。

「好きなの、お父さんのことが」

紫織が、絞り出すように言う。気持ち悪い、私は答える。

子供の頃、紫織は完璧に見えた。欠けているところがなくて、一人で成立している何かだった。

友達や親がいなくては何も決められなくて、何もかもに依存していないといけない子供たち、彼らとは違う存在なのだと思っていた。

紫織は何を言われても気にせず、子供のルールにも、大人のルールにも依存しない。彼女自身のルールで生きている。それがあまりに眩しくて、神がかっていて、俗世離れしているように思えた。

今思えば、彼女はただ、少しだけ、依存するものが少なかっただけなのかもしれない。親の愛も、友達との友情も、何もかも揃っていないと生きられない子供ではなかった。ただ父親からの愛だけを求めていた。それが与えられなくても。

私と仲良くしてくれたのも、私が、彼女の父親に似ていたからだろうか。

腹立たしいような気がする。悲しいのかもしれない。

紫織は泣きやまない。お父さんに会いたい、と紫織は言った。

何度も会ってるんじゃないの、と私は言う。会いたきゃ会えばいいじゃない。紫織は嗚咽の合間に、愛されたい、と言った。

私たちは大人になってしまった。自立していて当然の歳になってから私は、やっと彼女が本当は、少しも自立なんてしていないことに気づいたのかもしれない。

紫織は自分の胸の前でこすり合わせるように畳んでいた腕を、縋りつくように私の背中に回した。シャツの背中あたりを、強く摑まれるのを感じる。伸びてしまう、と思ったけれど、やめるようには言わなかった。

紫織の嗚咽が、私の胸の空洞に響く。

「お父さんにしゃもぬまを渡したら許さない」

濡れたような声で紫織が言う。

紫織は、私が黄雲の子供だと知っているのだな、と思う。当然と言えば当然だけれど。でも子供の頃から、紫織は誰が誰の子供だとか、そういう俗っぽいことには、頓着しないものだと思い込んでいた。

紫織は私と黄雲が会ったことを、どうして知っているのだろう。訊かないけれど。

紫織が地獄に堕ちるつもりだと言ったことを思い出して、地獄絵のことを考えた。灼熱《しゃくねつ》の炎に焼かれて、果てしなく苦しむ亡者は、もはや人間には見えなかった。

地獄では、紫織は黄雲に愛してもらえるのだろうか。

きっと紫織は、あの炎の中で、もがく亡者の方になりたかったのだ。黄雲にこうして抱きしめられて、骨まで焼かれて、溶けて、一つの灰になって。きっと、果てしない地獄での時間の中なら、紫織は心ゆくまで、黄雲と過ごすことができる。

「私、祐の部屋に来てしゃもぬまを見たとき、しゃもぬまは本当は、お父さんを迎えに来たんじゃないかって思った。ね、そうでしょ。今日お父さんに会って、しゃもぬまを返そうとしたんじゃないの」

いくらしゃもぬまだって、黄雲さんを天国に連れて行くのは無理だと思うよ、と私は言った。

なんでよ、と紫織は泣きながら怒る。子供の頃、黄雲を悪く言う人に、そんな風に怒っていたなと思い出す。

なんでも、なにもない。黄雲が何をしているかなんて、紫織も知っているのではないか。例えば、私の母に。私たちに。

私は黙って、紫織の背中をさすり続ける。私は呆れていたし、何だか感心していた。

「確かにしゃもぬまを譲ってくれとは言われたけど、黄雲さん、しゃもぬまに天国に連れて行って欲しいわけじゃなさそうだった。しゃもぬまを、処分したがってた」

紫織は小さく震えながら、私の胸の上のあたりに額を押し付けている。

「それじゃあ、天国に行って欲しくない人がいるんだ」

紫織はそう言ってから少しして、またわんわん泣き始めた。先ほどより、酷くなっている。私は要らないことを言ったと後悔する。

何を言っても泣きやまない紫織に、私は諦めて寝ることにした。眠れるわけがなかったけれど。

紫織の顔にタオルケットを掛ける。くぐもった泣き声が、タオルケット越しに漏れる。小さな子供。

黄雲の何がいいのだろう。他人のことに興味なんてなくて、傲慢で、人を人とも思わない彼の。

泣いている紫織の、髪の匂いがする。

紫織が言う通り、黄雲は誰かを天国に行かせたくないのかもしれない。

もしそうなら、黄雲はその人のことを、きっと愛しているんだろう。地獄に堕として

でも、ずっと一緒にいたいほどに。

島にいない誰か。紫織ではない誰か。

黄雲が誰かを愛しているなんて、おかしい気がした。何も、おかしくなんてないのだろうけれど。

紫織と黄雲は似ているんだろうか。

私は目を瞑る。目を瞑って、思考も何も放棄して、ただ朝が来るのを待ち続けた。

しゃもぬまは、散歩にあまり行きたがらなくなった。

日中は立ちあがって項垂れていることが多かったしゃもぬまが、四肢を折り畳んで腹ばいになっている。立っていることが辛《つら》いようだった。

目を覆う長い毛をよけてみると、震える瞼は涙をたたえて、薄く閉じられている。どこか痛いのだろうか。少し呼吸が浅い。

なんとか散歩に連れ出しても、あまり歩かない。億劫《おっくう》なのか、夜の散歩には行かないときもある。

「こないだの雨で弱ったのかな」

「歳なんじゃないの。そもそも、自分が死にそうだから一緒に連れて行く人を迎えに来

てるんだし、死期は近いってことでしょ」

ミネラルウォーターをボトルのまま飲みながら、紫織が平然と言った。

くたびれた大きめのシャツに、男性用のトランクスではないかと思うような、濃紺の短パンを穿《は》いている。骨ばった膝に、畳の跡が残っている。

最近は私が休みの日は、紫織もほぼ一日、私の部屋にいることが多い。大学は大丈夫なのだろうか。私といれば黄雲に会えると踏んでいるのだろうか。

「そうかもしれない」

しゃもぬまの時間が有限だというのは、言われてみれば全くもって当然のことだったけれど、私は何となく、今の生活が続くものだと思っていた。

しゃもぬまは確かに、若い個体ではなさそうだった。

もともとの見た目がみすぼらしいのでわかりにくいけれど、蹄は幾つもひびが入って粉を吹いている。傘状の瞼の周りの毛にも、細く弱々しい白い毛が多く混ざっている。

「このまま、しゃもぬまが寿命で死んだら、どうなるんだろう」

「祐も死ぬんじゃない？」

紫織の脚が、目の前にある。あの夜、子供みたいに泣いていたのに、何事もなかったかのように、大人びた顔をして。

「そう？」

私が言うと、紫織はそう、と答える。

しゃもぬまが腹を壊して、私まで苦しんだことを思い出す。他にも、しゃもぬまの調子が私に影響していると感じたことは何度かあった。

紫織がしゃもぬまに手を伸ばした。首のあたりを、脈を確かめるように触る。しゃもぬまの腹のあたりに置かれた私の人差し指の爪に触れた。

紫織は、仰向けで転がっている私の鼻を摘まんだ。なんだか、美織みたいだ、と思う。心細げで、傷ついたような目が、子供の頃の美織に似ている。

紫織は大きなため息をついて、畳にうつ伏せで転がった。

二人で畳に転がって、しばらく何も喋らなかった。

何匹ものセミの声が、輪郭がわからないほどに重なって響いている。

窓から、弱い風が入って来る。私は汗を流していた。

隣で紫織が身じろぎして、こちらを向いた。紫織の額にも、汗が流れている。

「ねえ、しゃもぬまを誰か家族に譲ったとして、それでその人が本当に天国に行けたのかどうかなんて、残された人には確かめようがないことよね？」

紫織が、透明な瞳で私を見詰める。聡明《そうめい》なようで、捨てられた子供のような、頼りなさが浮かんでいる。

そうね。私は答える。

私は紫織から目を逸らして、片手を伸ばし、頭上に転がっているしゃもぬまの腹を撫でた。生きている。

紫織の髪が、首と頰のあたりをくすぐる。紫織は、仰向けの私の脇のあたりに収まるように、転がってきて背中をくっつけていた。表情は見えない。紫織と接触している部分が熱い。

「暑い」

私はそう言ったけど、自分からどこかに動きはしなかった。紫織も、何も言わずそのまま転がっている。

紫織は何が言いたいのだろう。私はしゃもぬまを撫で続けながら、紫織が何か言うのを待った。

だいぶん待っていたけれど、紫織は何も言わなかった。

コンコンと、ドアを叩く音が聞こえる。私はハイハイ、と返事をして、玄関に向かった。ドアを開けようとして、ふと動きを止める。

誰だろう。

急いでください。ドアの向こうから、知っている女の声が聞こえた。私ははっとして、ドアから手を離した。ドアの向こうに、誰かが立っている気がする。

ゆっくり振り向く。しゃもぬまは寝ている。

「どうしたの」

紫織が不安そうな顔で訊いて来る。なんでもない、私は答えた。

*

私は高田苑にいた。投げてある木材の一つに座っている。

私の脇には、食べさしの夏みかんが置いてある。私があの日、忘れて去った夏みかん。

私は夏みかんを手に取った。食べようとは思わなかった。

多恵ちゃんが、大泣きしながら歩いてきた。私の隣に、少し離れて座る。

「がっこうはさぼっちゃだめなんだよ」

「そうだね。多恵ちゃんは辛いときも、一度もさぼらなかったものね。そうでしょ？」

私がそう言うと、多恵ちゃんは目を擦っていた両手をそっと下ろして、私の目を恐る恐る見詰めた後、ふいに顔をそむけた。もう泣いていない。

多恵ちゃんは大人になっていた。私が子供のときも、もう既に大人だったけれど。

髪はほとんど白髪で、目の下や、頬にはたくさんのシミが、タイルのように浮かんでいる。

体は、昔よりも太ったようだった。腰掛けた木材から、尻の肉がほとんどはみ出してしまっている。手の甲や、顎の下の皮膚は、たるんで、皺が寄っていた。

小柄なしゃもぬまが、私たちに歩み寄って来た。多恵ちゃんと仲の良かったしゃもぬまだった。

多恵ちゃんは、しゃもぬまには触らない。触ってはいけないと、高次さんから言われているから。ただ近くに座って、しゃもぬまが草を食んだり、耳を動かして迷惑そうに虫を追い払ったり、糞を出したりするところを見ていた。

しゃもぬまは、私の手にある夏みかんを見た。

これを食べたから、このしゃもぬまは殺されたのだ。

しゃもぬまがふっと、遠くを見た。その首が弾け飛ぶ。首は体から離れて転がった。そうそう、こんな風に、首を刎ねられて。

私の足許に転がった首は、目を薄く閉じて、あっかんべえをするように、舌を口から少しはみ出させていた。橙色の液体が、首と体の断面から噴き出した。夏みかんの果汁だった。体から、転がった首にかけて、果汁が糸を引いた。地面に落ちた果汁は、すぐに吸い込まれて消えた。

多恵ちゃんが立ちあがった。行くよ、としゃもぬまに叫ぶ。

首を切り離された体は、白い磁器の姿になっていた。つるりとした胴体に、関節がない、下向きの円錐形の脚が四本生えている。

島のしゃもぬま像、そのままだった。胴体と、首がついていたところと、脚しかない。

多恵ちゃんはしゃもぬまに乗った。しゃもぬまは、もともとの大きさよりずっと、大きくなっている。多恵ちゃんを軽々と背中に乗せると、バレエのステップを踏むように軽やかに、空に向かって駆けだした。

「どこに行くの」

私が訊いても、もはや多恵ちゃんには聞こえていないようだった。訊くまでもないことだった。多恵ちゃんは、天国に行ってしまうのだろう。

「待って、待って」

私は多恵ちゃんを、精いっぱい呼び止めた。天国に行けるのに、どうして私は引き留めてしまうのだろう。

やっぱり多恵ちゃんは見向きもしない。しゃもぬまに乗って、空へ上がって行く。

ああ、やっぱり天国は上にあるのだな、などと、私は考えている。

空から、バイバーイと多恵ちゃんの楽しそうな声が降って来た。

多恵ちゃんが、しゃもぬまを連れて行ってくれた。ありがとうだろうか、ごめんなさいだろうか、とにかくどちらか、私は言うべきだった。けれど、私の口から出てきたのは、待って、という呼びかけだけ。

私の足許には、夏みかんが転がっていた。

船も、小さな港も、店も、果樹園も、島にあるものは何も変わっていないように見えた。

＊

島に帰ったのは本当に久しぶりだった。

島に着くまでの海上では強く吹いていた風も、島の中に入ると途端に弱まる。島の三方を囲むように広がる山裾が、外からの強い風を阻んで、島の中心部では風が穏やかになる。何年も木につけたままにしないといけない夏みかんにとって、ちょうどいいくらいの、優しい風に。島の中心から、山の内側の斜面に果樹園が集中してある。

高田苑は島の東の山の、少し外側に寄ったあたりにあった。お葬式は高次さんの自宅で行われるけれど、私たちはまず高田苑に寄った。多恵ちゃんに会いに行くのに、そちらに向かうのは、とても自然なことに思えた。私にとって多恵ちゃんはいつだって、高田苑に座っている存在だったから。

地面は乾いていた。下草が薄く生えている。私はずんずん歩いた。

母が、離れたところをついて来ている。

高田苑は何も変わっていなかった。けれどしゃもぬまがいない。どこかほかの苑に出ている時間なのかもしれない。多恵ちゃんもいない。

余りにも静かだった。海で捨てられた船。そこは空っぽだった。必要なものが、何もかも欠けていた。

柔らかい風が、顔を撫でる。

私の後ろに、誰かが立っている。

そっと窺った目の端に、白いワンピースからまっすぐに伸びる素足が見える。白い足の甲が、紫織に似ている。

おばけだな、と思う。私はやっと、彼女が誰なのか気づいた。

もう、不思議と怖くはなかった。ただ、心の中が完全に空になるような、泣きそうなほどの寂しさを感じる。私は追いつかれていた。

彼女の気配は、すがすがしいのに、とても寂しい。恐れ多いような気持ちになる。私は振り向くことができない。

「祐」

彼女は優しく、とても穏やかな声をしていた。

また彼女が何か言おうとして、私は声にならない声で、やめてくださいと頼んだ。今振り向いたらきっと、彼女に抗《あらが》えなくなる。

彼女は本当に、暴力的なほどに清らかだった。心の中が、すべて吹き攫われてしまいそうなほどに。浄化されて、何も考えられなくなって、死んでしまいそうだった。

それはきっととても幸せなことだけれど、同時に、とても恐ろしいことではないだろうか。

「しゃもぬまを、返してくださいますね」

彼女が一歩、私に近づく。

「ミキ」

背後から、母の声がして、振り向く。一瞬だけ、ミキさんの顔が見えた気がした。母は駆け足で、私に追いつく。

「今、ミキがいたと思ったんだけど」

母が神妙な顔で言う。いた、と私は答える。

菅ミキは、もともと本土の人だった。菅家の屋敷の至るところに、彼女の写真が飾られていた。どうして、気づかなかったのだろう。私は何度もそれを目にしていたはずなのに。

彼女は旧家の育ちだそうで、裕福な暮らしをしていたというのもあっただろうけど、幼い私の目にも、とにかく品が良くて、美しくて、優しくて、天女みたいに見えた。黄雲のお嫁さんには、もったいなくて、なんだか可哀そうだった。

彼女はもう随分前、まだ美織が生まれて間もない頃から、行方がわからなくなっていた。

こっそり、実家に逃げ帰ったのだろうと噂されていたけれど。

「あいつ、死んだな」

滅多なことを言うものじゃないと思う、と諫《いさ》めたけれど、母は鼻を鳴らして、呆れた顔をして見せた。

母とミキさんは同い年で、仲が良かったらしい。

黄雲の娘を同じ頃に孕《はら》んで、周囲からは酷く噂されていたようだけれど。

「完全におばけだったでしょ」

「わからない」

母は、んんー、と眉を寄せながら、キョロキョロと周囲を見渡した。ミキい、と声を上げる。呼んでいるらしい。やめなよ、と私は母を止めて、手を引いて車に戻った。

紫織は車で、疲れたようにドアにもたれて待っていた。さすがに、母も車内では、ミキさんの話はしなかった。


多恵ちゃんのお葬式は、高次さん夫妻と、私たちだけで行われた。高次さんの家の奥の間に、棺桶《かんおけ》が置いてあって、その中で多恵ちゃんが横たわっている。

大きいように見える棺桶だけれど、多恵ちゃんには少し狭そうだった。昔よりも大きくなった体を、何とか箱の中に押し込めている。夢でみたより、多恵ちゃんの顔は老けこんで見えた。お化粧してあるけれど、血の気がなくなった顔には、細かい皺や、淡いシミが目立った。

部屋の戸はすべて開け放たれていた。風が吹き抜ける。

カランカランと氷の音を立てて、夏枝さんが私たちの前に麦茶を出してくれる。いつもの、子供の頃この家に遊びに来たときの感じと、何も変わらない。

軒先の風鈴が、控えめな音を響かせている。

今日はいつもより少しだけ、風が強く吹いているようだった。高次さんはしゃもぬまを連れてこなかった。ただこの家での高次さんの居場所である座椅子に腰掛けて、窓の外を見たり、風を目で追ったり、時に目を瞑って、何か思い出したりしているようだった。

私もわかっていた。多恵ちゃんのお葬式には、しゃもぬまは必要ない。

お葬式は、それですべてだった。

「祐、あんた顔色悪すぎない？　なんかあった？」

多恵ちゃんたちを乗せた萩祐君の船が見えなくなった頃、母がそう言った。私は、最近少し眠れてないかも、と答える。

「仕事？」

顔を覗き込むように見て来る母から、ちょっと忙しい時期だから、と顔を背けて答える。大丈夫だから、と続けてみる。結局、母にしゃもぬまのことは言えなかった。

私と紫織は、その日の夕方の連絡船で帰った。

「あのさ祐、萩祐君と会ってくれない？」

夜中に母から電話がかかってきた。どうして普通の時間にかけてこないのだろう。自分だって、朝早いはずなのに。

「いいけど、なんで？」

私は目をうっすらと開けて答える。スマートフォンの画面の明かりで照らされた自分の顔が、窓に映っている。死人のようだった。浮腫《むく》んで、水死体のような。

しゃもぬまは音も立てずに横たわっている。死んでいるのではないかとドキリとしたけれど、腹が少し上下していた。

「ミキのことで萩祐君と話してたら、祐に会いたいって。祐が、黄雲から何か言われてるんじゃないかって心配してた。そうなの？」

私は答えあぐねて、黙っていた。萩祐君と、ミキさんと、私が黄雲から何か言われることと、どういう関係があるのだろう。

母はよほどのことがない限り、電話はしてこない人だった。電話の向こうから、波の音が聞こえる。

「どうして海にいるの？」

「家だと、黄雲に盗聴されてるから」

私はへえ、と言ったきり、また黙った。波打ち際の、波が引いていく音がする。

「あのさ、私もどうして萩祐君がそう言ったかわからないんだけど、でも萩祐君にしかわからないこともあるから」

私はわかった、と答える。

「萩祐君は、黄雲に直接雇われているんだっけ？」

船で、荷物を運ぶ仕事をしていると聞いたことがあった。あの死者を運ぶ船で、島に必要なものを運んだり、国内での海上輸送を行ったりしていると。それで黄雲のことを、少し詳しく知っているのだろうか。

「そう。黄雲に一番近いところで働いているの。ミキの船に、必要な人や物を運んでる」

ミキさんの船、と私はつい口にしてしまう。言わなければよかったと思いながら。足許が揺れるような感覚。私がいるこの部屋は今、島からも、海からも、何もかもから遠ざかったどこかを漂っているのではないか。

返してください。電話の向こうから、か細い声が聞こえる。母の声ではない。

私は急いで電話を切った。

＊

雲か、風でできた靴を履いているようだ、と思った。

私は素足のままで、島を歩いていた。乾いた砂の上を、柔らかい草の上を、石垣の上を。

私は飛ぶように進む。私は時にぬかるみに着地し、しゃもぬまの糞を踏み潰すこともある。けれど足は少しも汚れない。

私は自由だった。島の、どこにだって行けた。

きっと島から出て、どこか遠くへ行くことだってできる。どこかに行きたいというわけではないけれど。

私は屋敷の庭で足を止める。

紫織が、たどたどしい足取りで庭を走っている。まだ幼い彼女だった。

バルコニーに、夏枝さんがいる。彼女の腕の中で、ガーゼ生地のベビーウェアに包まれた美織がぐずっている。

紫織が、私の許に駆け寄る途中で、胸から転倒した。

私は彼女の脇の下に手を入れて、立たせる。

怪我はないようだった。千切れた芝が、口の脇や、手に貼り付いている。

紫織はあっけにとられたような顔で、鼻水を垂らしている。泣くだろうか、と思ったけれど、紫織はぎゅっと口を閉じて耐えた。

偉いわ、泣かなかったわね。そう言うと、紫織は少し泣きそうな顔のまま、手を広げた。抱き上げるように求めているらしい。

私は紫織を腕に抱えて立ちあがる。紫織は頰を私の胸にうずめるように、密着してくる。甘えているのかもしれない。美織が生まれてから、少しそういう反応が多くなったかもしれない。

私はこの子のことを、どう思っていたのだろうか。生まれて間もない美織のことも。尊い。大切にしたい、という気持ちがある。それは、他の生き物にも抱く気持ちだけれど。

抱いている紫織を、体から離して持ち上げる。

例えば、この手の中にいるのが他の生き物だったら。他の子供だったら。その子がより幸せになるのだというなら、すぐにでもこの手を離してあげられる。それを今、私は離すことができない。

「こうなってから、気づいたわ。彼女たちが、たった一つの心残りなの。これが、執着するってことなのね」

耳許でミキさんの声がして、私は叫びそうなほどの恐怖に襲われる。今私は、誰なのだろう。

実際に叫んでいたかもしれない。私は抱きかかえている物が何なのかわからなくなって、咄嗟にそれを投げ捨てようとしてしまった。

その腕を、ミキさんに摑まれて、体に押し付けられる。とても強い力だった。私は紫織を落とさないで済んだ。

紫織はぎゅっと、私にしがみついている。

背後に、ミキさんが立っているように感じる。姿は見えない。白い腕が、私ごと紫織を抱きしめるように回されている。

「紫織」

屋敷の扉を開けて、黄雲が紫織を呼んだ。途端に紫織はパッと顔を上げて、黄雲を見る。お父さん、と紫織は大声を出して、むずかった。私と、ミキさんは紫織を放した。

紫織は一直線に、黄雲の許へ走って行く。黄雲は紫織を抱き上げた。視線はまっすぐ、私に向いている。こちらに向かって、大股で歩いてくる。

呼び鈴が鳴った。門の前に、母と、萩祐君が立っている。母は、幼い私の手を引いていた。

「翠子さんと話すのは、楽しいと思っていたわ。歳の近い女性と、お話しさせていただくことが、余りなかったから」

ミキさんがそう呟いた。彼女は不自然なくらい、一切を気にしていないように感じた。自分の夫が強姦して、子供まで産ませた女性に対する感情が、どうあるのが正しいのか、私にはわからないけれど。

私は微笑んで、門の方に迎えに出ようとした。その腕を、黄雲に掴まれる。

「顔色が優れないようだ。奥で休んでおいで」

有無を言わせない調子だった。私は頷いて、屋敷に向かって歩く。

私は暗い部屋の中にいた。

本当に暗い。寝台に横たわるミキさんの体と、その周辺の医療機器のようなものだけが、小さい明かりに照らされて光って見える。

機械の音だろうか、いくつもの音が重なって、雨の音のように聞こえる。ときおり、水底から泡が立ち上ってくるような音が混ざった。

彼女は前開きの、病院で着せられる患者衣に見える白いワンピースを着ている。枕許のモニターに、彼女の心電図が映し出されている。脈は少しも乱れずに、一定の強さと速さを保っている。口許には透明なマスクが装着されて、長い髪が覆っているので顔は良く見えない。

私は彼女の顔を良く見ようと近づいた。髪の隙間に、痩せ衰えて酷い色になった皮膚と、落ち窪んだ眼窩《がんか》が見える。私は咄嗟に視線を逸らして、一歩下がった。

ベッドの周りは、足のやり場に困るほどに、大小さまざまなチューブが這《は》っていた。周囲の暗がりの中にあるらしい機械から伸びたそれらは、ミキさんの頭や、喉や、腕や、脚の付け根や、股の間や、体のありとあらゆるところに接続されていた。

おぞましくて、グロテスクな見た目のようで、しかし管に絡まれる彼女には、仏像のように尊い触れ難さがあった。管が千手観音の手か、はたまた光背の類に見えるからかもしれない。

「返してください」

マスクが曇った。ミキさんが喋っている。

ミキさんに絡まるチューブが、蠢《うごめ》いたと思ったら人の腕に変わっていく。

それは間違いなく、黄雲の腕だった。何本もの腕がうねり、ミキさんに伸ばされる。

「あなたは、黄雲を愛していたんですか」

私の問いかけに、ミキさんは答えない。腕はなおも、彼女を縛る。

ミキさんの手が、宙を彷徨《さまよ》う。黄雲の腕の中に、溺れゆく彼女が伸ばした腕を、私はそっと握る。

「愛しています」

その言葉は空だった。それはあまりにも透明で、清らかで、決して愛なんかじゃない言葉だった。

黄雲の腕が、怖気付《おじけづ》いたように動きを止める。

「紫織と、美織のことも？」

ミキさんは私の手を、緩く握り返す。

「断ち切らないといけません。私は、執着してしまっています」

それを愛とは言わないだろうか。私は何も言えない。

ガサ、と乾ききった枯れ木の枝を擦るような音を立てて、ミキさんが急に上体を起こした。

それは死体だった。脈はあるらしいけれど、間違いなく死んでいる。

黄雲の腕は力なく、ミキさんからこぼれ落ちた。床に落ちた腕たちが、ミキさんに少しでも近づこうと指を向ける。最期を迎えた鳥たちが、空に向かって伸び上がって死ぬのと似ている。酷く哀れだった。

「娘たちが、私を島に縛りつけて離しません。いえ、私が、娘たちを離してあげられないのね」

ミキさんの虚《うつ》ろな目が、何を見ているのかわからない。それは私かもしれないし、床でのたうつ、黄雲の手かもしれない。

「彼女たちはとっくに、私の知る私の娘たちではないし、島にもいないのに。わかっていても、もうどうしようもないのです」

泡の音が大きくなる。ゴポゴポと、海の底から巨大な泡が迫るような音が。

「早くしないと、沈んでしまう」

消毒液の匂いがする。彼女の薄く開いた、口の中の匂いかもしれない。

黄雲の腕が、管に戻る。ミキさんはすうっとベッドに戻って、同時に、体中にチューブが吸い付いた。すべては元通りになって、モニターは相変わらず一定の脈拍を映し続ける。

私は騒がしいけれど静まり返った部屋に取り残されて、呆然《ぼうぜん》と立つ。

帰らなければ。私は今まで、どうやって帰っていただろうか。

*

萩祐君は母の彼氏で、私の、私の結局なんなのだろう。

島にいた頃も、萩祐君と会う機会はあまりなかった。正月のどこか一日、もしくは母の誕生日、全く何でもない日、小学校四年生の参観日。一年に一度か二度、ふいに萩祐君は現れた。そして次の日には大抵、私の知らない間にいなくなっていた。

萩祐君がいつ帰って来るのかも、いついなくなるのかも、私には知らされなかった。萩祐君とはアイスを一緒に食べたり、囲碁をしたり、自転車のサドルの位置を調整してもらったり、宿題のノートを見てもらったり、色々なことを、少しずつした記憶がある。それは私たちの関係を定義するにはあまりに少なくて、小さい欠片だった。

島の外で萩祐君と会うのは初めてだということに、店に入ってから気がついた。萩祐君、と呼びかけるのが正しいのか、私は少し逡巡《しゅんじゅん》した。子供のときから萩祐君だったから、今更どう変えるでもないのだけれど。

口を覆うように頰杖《ほおづえ》をついたまま、萩祐君がちらりとこちらを見た。一瞬驚いたように、萩祐君の目が見開かれて、どこか怯えているように見えた。私は結局、萩祐君、と呼んだ。

「何頼む？」

私が二人掛けの机の反対側に座ると、萩祐君はメニューを広げて私に差し出した。久しぶりに会っても、今朝《けさ》も会っていたように振る舞う萩祐君に、そういえばいつもこんな感じだったなとほっとする。

萩祐君と、本当の親子だったらよかったのに。

私は萩祐君と自分が、似ているような気がしていた。萩祐君のことが、直感的に理解できるような。そのことを、誰かに否定されたわけでもないし、なんの言い訳も必要ないとはわかっている。それでも私は、何か根拠のようなものを求めていた。それを、血が繋がっているからそういうものなのだ、と思ってみたかった。

「痩せたんだね」

視線を下に逸らした私に、萩祐君が声をかける。心配しているのだろうか。感情を押し殺した声。ただ事実を述べただけにも聞こえる。

「うん」

私は少し、声に疲れが滲んでしまったかと案じる。

「萩祐君は、日に焼けてる」

私がすぐそう続けると、コーヒーカップに口をつけていた萩祐君は、そう？　と自分の腕を見た。

「萩祐君、船で荷物を運ぶ仕事をしてるって言ってたよね」

私たちは、深刻な顔をしている。話すべきことはあるのに、どこまで言っていいのか、私も、萩祐君もわからない。お互いに、今まできちんと話してこなかったから。どう言うのが正しいのか、私たちは測りかねていた。

「ミキさんの船に、荷物を運んでるんだよね」

私はもう、諦めてそう言った。萩祐君は、思いのほか少し笑って、そういうところ、翠子と似てる、と言った。

「ずっと運んでるの？」

「そうだね、祐たちが小さい頃から、ずっと」

「どうして」

萩祐君は私をしばらく見て、どうしてだろうね、と小さく呟く。

「黄雲が考えていることは、なんとなくわかる。ただ、ミキさんが考えていることは、俺たちには、本当にわからない」

私は曖昧に頷いた。

「黄雲に閉じ込められているんじゃないの」

「それが、一番わからない。このことは、俺と、翠子しか知らないけど、二人で、ミキさんが逃げ出そうとしたら、協力しようって決めてたんだよ。でも」

萩祐君は、カップに口をつけた。手が震えているように見える。萩祐君はいつもあまり話さない印象があったから、今日は無理をして、話してくれているのかもしれない。

「ミキさんはもう死んでるんだと思う。多分だけど」

私たちは水のお代わりを頼んだ。

私は萩祐君が話してくれたことに、やはり、なんと答えるべきかわからない。萩祐君も何も言わなかった。隠し事をしていたことを謝るとか、話してくれたことに感謝するとか、そういうことはお互いに、必要としていないし、すべきではないような気がした。

コップについた水滴が、流れ落ちて、コップの周りに溜まっていく。

ちょっと移動しよう、と萩祐君が言って、私たちは店を出た。

どこに向かうというわけではなく、私たちはただなんとなく歩いた。

明るい曇り空だった。一面を、薄い灰色の雲が覆っている。雨は降りそうにないけれど、風がなくて、湿度が高い。

あまり手入れされていない木々が鬱蒼《うっそう》と茂る公園を抜けて、線路沿いを歩く。

「俺がしゃもぬまを島から連れ出した」

私たちは店を出たときから、そういえばずっと無言だった。萩祐君がふいにそう言ったので、私はその意味を理解するのに時間を必要とした。しゃもぬまを島から連れ出した。

「俺の船で」

私はうん、と相槌を打った。本当はずっと、そうではないかと思っていた。それらしいから。しゃもぬまを島の外に運ぶのに、萩祐君の船より適した乗り物はきっとない。

「しゃもぬまがそうするように言ったの？」

萩祐君は、いや？　と少し不思議そうに答える。

「言ったというか、ご遺体を運ぶときに、船に近づいてきて、自分から乗って来たから、そのまま運んだ」

電車が通り過ぎた。私たちは音が去るまで、また無言で少し歩いた。

走り去った電車に線路が熱せられた匂いと、風圧で煽られた草の匂いが混ざって、ふっと顔にかかる。

匂いは顔の周りにまとわりついて、しばらく離れない。せめて風が吹けばいいのに。熱気と湿気ばかり溜まって、新鮮な空気が運ばれてこない。窒息してしまいそうな。

「その日乗せた老人を、迎えに来たしゃもぬまだと思った。本土に渡って、老人を霊柩車に乗せているうちに、気づいたらいなくなってた。そのときは、そういうものなのかって思ってたけど」

萩祐君は、歩みを止めた。申し訳なさそうに、肩を落とす。

「島でしゃもぬまの決まりとともに育っているけど、俺たちは本当のところ、しゃもぬまのことを何もわかっていないんだな。まさか、祐のところへ行くなんて。わかっていたら、島から出さなかった。ほんとにごめんな。お前、こんなやつれて、悪かった」

萩祐君はそう言って、私の頰を両手で挟んだ。撫でているのか、わからないけれど、頰と、頭をさするように、ぐちゃぐちゃにされる。

萩祐君は泣いていた。私はぎょっとした。萩祐君は泣くときも困ったような顔で泣くのだと思った。

「どうしてしゃもぬまが私のところにいるってわかったの？」

「黄雲が言った」

「ああ」

汗が滲むのに、流れない。

嫌な気分だった。怒っている、もしくは怒るべきだと感じている。とにかくとても悲しい。

黄雲はやっぱり、ミキさんを天国に連れて行かれたくないのだろう。私がしゃもぬまを、ミキさんに譲るのを恐れている。

黄雲は萩祐君に、どう言ったのだろうか。

私がしゃもぬまと死ぬつもりだと言ったのだろうか。それとも、私がしゃもぬまに選ばれたことを母に話すと脅したのだろうか。どっちもかもしれない。

「代われるものなら、俺が代わりたいけれど、それもできない」

やめてよ、と彼の言葉を遮る。

「本当のことを言うとね、しゃもぬまを死なせたことにして、黄雲を騙《だま》すつもりだった。けど、それじゃあ済まなそうだ。今日、祐を見て思った。祐、このままだと死んでしまうよ。少しでも早く、しゃもぬまを本当に手放すべきだ」

そうだろうか。私は、自分が死にそうだとは思えなかった。紫織にも同じように言われたばかりだけれど。

萩祐君の目は真剣で、少し怖いくらいだった。本当にこれ以上、先送りにはできない問題なのかもしれない。

「祐、俺は、お前が生きているだけでいいんだ。それでお前が天国に行けなくなっても、この世でどんなに苦しむことになったとしても。他の誰かが苦しむことになっても、お前に生きていて欲しい」

私は萩祐君の顔を見詰めたまま、ただゆっくりと呼吸を繰り返す。注意しなければ空気を見失いそうなほど、私の周りには水のような何かがあふれていた。

それは私が受け取るには、あまりに重たい言葉だった。萩祐君が、どれほどの思いでそう言っているのか、私はそれを、すべては理解することができない。

「しゃもぬまを黄雲に譲ってしまいな」

私は首を振る。できない。

船を、と私は言った。船を出してほしい。

萩祐君は、それは構わないけれど、と暗い顔で言う。

「それしか、方法がない。ミキさんに、しゃもぬまを返すしかない」

「俺の船に、しゃもぬまを乗せたら黄雲にすぐにばれるようになってる。それに、祐からミキさんにはしゃもぬまは譲れないじゃないか」

大丈夫、と言ってみる。動揺して、いつも以上にうまく言葉が出てこない。ただ信じて、と繰り返すことしかできなかった。

＊

「おかえり」

私は自分の部屋の、玄関にいた。しゃもぬまは水を飲んでいる。私は今、帰ってきたところだろうか。つい今の今まで、夢をみていた気がする。何の夢だったか、忘れてしまったけれど。

呉先生が、百円均一で買ったクッションをまとめたものに座っている。それは私の枕で、今はしゃもぬまが使っている物だった。

「呉先生、今どこにいるんですか」

立ったままで問いかける。私は雨水で濡れている。

「もう死ぬと思って島に帰ってるんだけどね、意外と死なずに、まだ生きとる」

呉先生の手には、先生の最後の小説が載った雑誌があった。それはつい今しがたまで読まれていたようだった。ページの途中に先生の指が押し込まれて、そこから表紙までの紙が、外側にいくほど反り返っている。

「良く書けてる」

「それは」

それは先生から貰ったペンで書いたからです。私が書いたわけではなく。

「あげたんだから、それ、もうあんたのだからね。次はあんたが書けばええが」

「私は、いえ、どうでしょう」

私は口ごもる。

「それより、呉先生、私は」

呉先生は、立ちあがって、ええから、と言った。

私の部屋の天井は、呉先生には低すぎるようだった。

「しゃもぬま、貰っていこうかと思ったんだけど、駄目みたいだわ。なあ、俺に譲る気はないじゃろ」

私は黙っていた。

「まあ、ええわ。しゃもぬまは諦めたげる。そんかわり、な、俺が死んだら適当に燃やして、家族とおんなじ墓に入れといてくれたらええよ」

「ええっ」

そんなに簡単に言わないで欲しい。

「ペンあげたろ」

勘弁してほしい。呉先生は、あはあは笑っている。そしてそのまま部屋から出て行った。

「先生」

私は、玄関のドアを開けて、先生を呼び止めた。

先生は既に階段を下り始めていたらしかった。階段の途中で、足音が途切れる。

「黄雲さんがしゃもぬまを欲しがってて、本土に天国に行かせたくない人がいるらしくて、それで私、先生にしゃもぬまを譲ることになってるって言ってしまったんです。だからつまり、その、ごめんなさい」

先生がひらりと、階段の途中から手を振ったのが見えた。

コツコツと、先生の足音が遠ざかって行く。

ガチャガチャと乱暴な音がして、私はびくりと肩を震わせる。雨以外の音がしたのは、一日ぶりなような気がした。

風と、雨が吹き込んでくるのと同時に、女が部屋に入って来る。

黒い髪は雨に濡れて、重たげに頬や、肩に貼り付いている。シャツも濡れて、水の中から上がって来たばかりのようだった。

「すごい雨」

紫織は笑っていた。あははは、と子供のように笑う。

玄関側の照明が眩しい。

「本物の紫織？」

「なにそれ」

私が訊くと、紫織は笑った。

紫織は玄関で服を着たまま、水を絞った。ぼたぼたと塊のような水が落ちる。タオルを拾い上げて、髪を拭く。水はまだ滴っていたけれど、紫織はそのままずんずんと部屋に上がった。

私の目の前に、白い足の甲が二つ並ぶ。

じわりと滲んだ水が、畳を濡らしている。雫がいくつも落ちてきた。

「仕事から帰ってずっとそうしてる？」

「行ってない」

喋るのが億劫だった。紫織は呆れたように鼻から息を吐いて、風呂場に向かっていく。足跡が部屋に残った。

酷い雨が降っていた。台風が近づいているらしい。

私は朝から、ずっと窓辺に座って、外を見ていた。

何度かスマートフォンが鳴っていたけれど、それは手の届かない場所にあった。会社からかもしれない。土井さんだろうか。何の連絡もなしに、会社を休んでいるから。着替えて、出かける用意までして、私は窓辺から動けなくなっていた。

しゃもぬまは、私から少し離れて寝ている。四肢を折って、小さい犬のように見える。明らかに、彼女は弱っていた。彼女に死が訪れているのを感じる。というより、今朝からもう、彼女の死は始まっていた。しゃもぬまは今、半ば死んでいる。私の体調も、彼女に影響されているようだった。太陽が沈んで、あたりが夜にのまれていく時間に似ている。

暗い部屋の中で、しゃもぬまの輪郭も、自分の輪郭も次第に定かではなくなっていく。窓に打ちつける雨が強すぎて、外の景色も良く見えない。寒い。

断続的な雨音が、一つのうねりのようになって響く。波の音に似ているかもしれない。

しゃもぬまには、もう少し頑張ってもらわないといけない。

約束の日だった。今夜船が出る。

私は、彼女の残り少ない拍動をできるだけ邪魔しないように、ゆっくり、静かに呼吸した。感情を揺らさないように、何も考えないで、ただ時間が過ぎるのを待つ。それは私の得意なことだった。しゃもぬまもまた、その時が来るのを大人しく待っている。

部屋が明るくなって、目が覚めた。紫織がスープを作ってくれていた。自分の体の重さに驚く。熱が出ているのかもしれない。

しゃもぬまはまだ、生きている。

雨の音のなかに、スープの沸騰して弾ける音が混ざっている。紫織はどんぶりにスープを移して、私の前に置いた。サバの水煮缶と、カボチャと、筋を取っていないサヤインゲンと、春雨《はるさめ》のスープ。食欲はあまりない。

「ごめん、ありがとう」

しゃもぬまがピクリと前脚を動かした。

「紫織、私、死にそうに見える？」

紫織は春雨を一度に大量に口に入れながら、はあ、と言った。

「なにを今更」

紫織はしゃもぬまをちらりと見た。

「ほんとに自覚なかった？　こっちに来て初めて会ったときから、祐、死にそうな顔してたじゃない。しゃもぬまに選ばれて、死が近いんだって、すぐにわかったけど」

私は喉の奥で、ん、と答えた。肯定のつもりだった。自覚は、こうなった今でもそれほどない。

体が冷えて仕方がない。雨が窓ガラスに叩きつけられる。床が揺れている気がする。

夜の荒波のなかを進む船に乗っているようだった。

しゃもぬまはこちらに尻を向けている。肛門の周りが糞で汚れていた。

急いでと、ミキさんの声が聞こえる。そういえば、随分前から、私は彼女の夢をみていた。どうして忘れていたのだろう。私の夢にはたびたび、彼女が現れていたではないか。

私は、自分が目を閉じていたことに気づいた。薄く目を開ける。スープが減らないままに、机の上に置いてある。まだ温かい。

「紫織はどうして、私の世話を焼いてくれていたんだろう。私がそのましゃもぬまと死ねば、黄雲にしゃもぬまが渡ることはないのに」

紫織に首を絞められたことを思い出す。どうして、殺せなかったのだろう。

向かいに座った紫織と目が合う。紫織の目は、ガラスのように見えた。ぽたぽたと、雫が落ちる。吸い込まれそうだと思った。綺麗な目。

紫織に頬を殴られた。口の端を噛んだかもしれない。血だろうか、鉄臭い液体が口の中に滲む。紫織を見る。美織にも同じようにされたことを思い出す。こうして見ると、彼女たちは似ているかもしれない。紫織は拳を握ったまま、その手をまた振り上げた。

殴られる、と思ったら、抱きしめられた。視界が塞がれる。

「あんた私を何だと思ってんのよ」

骨ばった体、胸の奥で、心臓が動いている。

「そういうとこ、お父さんに似てる。最低、ほんと」

よく泣くようになったな、と思う。子供の頃は泣かなかったのに。紫織が体を離して、私の顔を見る。止めどなく流れる涙と鼻水で、顔がドロドロになっている。

ゼリーでコーティングされた、ケーキのようだと思う。粘り気のある体液にまみれた人間の顔が、こんなにも美しく感じるなんて、きっとどうかしているけれど。

紫織は悲しいのだか、怒っているのだか、呆れているのだか、困ったように眉を下げて、変な表情になっていた。髪も乱れて、神々しさの欠片もない。それでもとても綺麗だった。やっぱり、紫織は美人なんだなと思う。

紫織は私の顔を、両手で挟むように持った。

「目の色が似てる。でもそれだけ、あとは全然似てない。お父さんの方が、ずっと格好いい」

紫織が、私の頰を左右に引っ張った。目と口が引き伸ばされて、涙が口の端に入る。生暖かくて、しょっぱい。

「痛い」

「似てない。不細工すぎ」

雨が激しい。紫織は震える指で、私の頰を引っ張り続ける。乾燥した唇が裂ける。殴られたときの血と唾液の混ざった物が、口の端から垂れた。

「紫織？」

「何でそう、生きようとしないのよ。あんたも、私たちと地獄に堕ちるんでしょ」

しおり、と呼びかけて、彼女の腕に触れる。

紫織は手を離した。目の周りが赤い。涙で濡れて、まつ毛が貼り付いている。花か、熟れすぎた果物のようだった。

紫織に引っ張られた頰が痛む。

私の意思なのか、もはやわからない。しゃもぬまの意思かもしれない。ミキさんのかもしれない。とにかく私は、しゃもぬまをミキさんに返すという衝動に駆られていた。しゃもぬまを殺して、私が生きるのでは意味がない。ミキさんに返さなければ。

私はその衝動を、論理的に説明することはできなかった。紫織を説得するだけの、言葉も理屈も思いつかない。

それはもう、とにかく仕方のないことなのだった。私はとうとう、逃げてきたあらゆるものに追いつかれた。先送りにしてきた問題を感知して、清算しなければいけないとき。

紫織と地獄に堕ちるのも悪くない。いつか子供の頃に思ったように。もう少し、彼女たちと生きて、最後には、同じ場所へ行けたなら。

「私が生きようとしたら、助けてくれる？」

海の上を進んでいるのか、水の中を進んでいるのか、わからないほどの雨だった。私たちは、海にいた。

「どういうこと」

紫織は、窓の外を見ながら言った。顔には恐怖が浮かんでいる。

「ミキさんに、しゃもぬまを返しに行く」

私は、自分たちが今部屋ごと、萩祐君の船に乗っているとわかっていた。船が出港したのだ。波がどんなに荒くても、私たちの部屋は揺れない。萩祐君は、真っ暗な海の中、迷わず進んでいく。夢が繋がりつつあった。

紫織は青ざめる。血の気が引いて、頬が白くなる。石膏《せっこう》の像のような。

「お母さんに」

わかっているでしょう。私は静かに、紫織に問いかける。黄雲が誰にしゃもぬまを渡したくないのか、彼女がどこにいるのか、わかっていたでしょう。紫織の、縁がスミレの花びらのような色をした黒目が、細かく揺れている。わかってる、と紫織は呟いた。

「でもそれって私、お母さんを、殺してしまうのではないの？」

私は口をつぐんだ。そうかもしれない。

「もう既に、ミキさんは生きてはいないでしょ」

「しゃもぬまだけ、死なせてしまえばいいじゃない」

「できない」

黄雲は、しゃもぬまに選ばれた人物は、しゃもぬまの生死を自由にできると言っていたけれど、それはきっと誰にでもできることではない。

私にとってはもう、しゃもぬまを死なせることは、もはや自分を殺すことのように感じる。たとえしゃもぬまだけ死なせて私が生き残っても、きっと私は、今よりさらに、うまく生きられなくなる。

「どうしてよ」

「どうしようもないの。私が生きるためには、ミキさんにしゃもぬまを返さないといけない」

そう言うと、紫織は言葉に詰まったように、表情を強張《こわば》らせた。生きるためね、と呟く。

「最低。ほんとに」

紫織は、肩を落とす。精根尽きたような顔だった。

「ねえ祐、お母さんは、それを望んでいるのよね」

私が口を開く前に、やっぱりいいわ、と紫織は自分の問いを取り消した。

「紫織、お願い」

紫織はわかってる、と私を見る。

私は安堵する。紫織に、酷なことをしているのはわかっている。それでも、そうするしかない。紫織に断られていたら、本当にここまでだった。

といっても、もうどうやって戻るのか、私にもわからない。

紫織が窓の外を見る。暗い海しか見えない。

「怖い」

紫織は海から目を離さない。窓に、紫織の白い顔が映っている。

「お父さんに、怒られる」

「ミキさんが天国に行ったかどうかなんて、黄雲は死ぬまでわからない」

私はそう言って、それが紫織の言葉だったと思い出す。

「本当は、私、お父さんに、言われているの。祐からしゃもぬまを受け取って、それで、お父さんに譲りなさいって」

私は頷く。そうだろうね。

「絶対に、何があっても、お母さんに譲ってはいけないって。言われてるのに、私」

紫織の横顔が、あまりに人間らしくて、私は感心する。

「あの人に、地獄に来てほしくないの。そんなふうに思うなんて」

いいんじゃないの、黄雲に似てる、そんなことを言いそうになって、私は黙る。

「地獄でゆっくり、話し合えばいいんじゃない」

紫織は、うん、と頷いた。そうかもしれない。それもいいかもしれない。ガラスに映った彼女自身に向かって、紫織は呟いた。

しゃもぬまは、耳だけ少し、動かしている。もう体を起こす力はないのかもしれない。

私は体を起こした。水中にいるように、体が浮いた。気づけば部屋の中は、水で満たされていた。ゆらゆらと、紫織も、しゃもぬまも漂っている。

私はしゃもぬまに触れた。触ったあたりの皮膚だけが、ピクリと震える。四肢が冷たい。目ヤニが溜まっている。鼻からは、筋になって鼻水が垂れていた。

完全に繋がったようだ、と感じる。私は夢をみている。私の夢かもしれないし、しゃもぬまの夢かもしれない。ミキさんの夢かもしれないし、紫織の夢なのかもしれない。わからなかったけれど、とにかく、私たちは夢の中にいるのだった。

水の中は、心地よかった。暖かい。でもずっとはいられない。

雨の音も、波の音も、急に何もかも、遠くなった。

窓の外は、湖のようだった。波がない。水面を揺らす風も、水をかき混ぜる尾鰭《おひれ》もない。

雨雲も、ぽっかりと切り取られたように、この海の上にだけ存在しない。月が明るい。見たこともないくらい、たくさんの星が見える。私は紫がかったような、青いような、眩しい夜空を初めて見た。

萩祐君は、船を停めた。

着いたのだった。大きな船が、少し先に停まっている。白く、無機質で、美しいけれど、死んでいる船。骨壺に似ている。

「俺はここまでしか、近づけないんだ」

萩祐君はそう言って、小さなボートを出してくれた。

「そこにいるね」

萩祐君は、私を見ている。萩祐君は全身が濡れていた。灰色のカッパが、体に貼り付いている。今も強い風に吹きさらされている。萩祐君だけ、別の場所にいるようだった。

「俺にはわからないけれど、本当にこれでいい？　危ないことをするつもりならやめてくれ。もし、うまくいきそうにないなら、俺が代わりに死ぬから、確かに、そういう風にしてくれよ、わかるね。信じているよ」

とても大きい声で、ゆっくり、萩祐君は言った。強い雨の中、間違いなく届くように、という声だった。

萩祐君は、私を見ているようで、少しだけ、私より遠くを見ている。

「大丈夫、ありがとう」

私はそう言って、ボートに乗り込んだ。たぶん、私の声は届いていない。

紫織と協力して、しゃもぬまを連れて行く。しばらくして、萩祐君がボートを押し出す。

すうっと、ボートは白い船に向かって進んで行く。水面は鏡のようだった。

水面に、ボートの影が映る。月と、星の映る海。私たちは映っていない。水面の向こうは、暗い。手を差し込むと、強い波に引きずり込まれそうになる。私はすぐに手を引いた。

「ここはどこなの？　私たち、死んでいるの？」

紫織が言う。

「夢をみているの」

「誰の夢？」

「私たちの。だからもしかしたら、少し、死んでいるのかもしれない。うまく言えない。わかる？」

よくわからない。紫織は答える。私だって、よくわからない。

「死者と同じ夢をみてる」

私はそう言い換えてみる。紫織は頷いた。

「この世ではない」

紫織のその言葉が、この静かな海を形容するのに、最もふさわしい言葉だと思った。

私は納得する。その通りだった。この世ではない。

紫織が、オールを使ってボートを漕《こ》いだ。オールは不器用に水面を滑る。それでも少しずつ、私たちは船に近づいていった。

水面に、私たちのボートが作った水紋が広がる。星たちが波にもまれて、揺らめいた。しゃもぬまは、ボートの中で横たわっている。薄く開いた口から、舌が少し覗く。時折、四肢がピクピクと動いた。歩こうとしている。

私は、しゃもぬまをなだめるように撫でた。船を出てから、自分の体調もだんだん悪化しているのがわかる。自分の肉体の重さが、みるみる増していく。

船の甲板に、誰か立っている。白いワンピースを着た、ミキさんだった。手を振っている。

「お母さん」

声に恐怖が滲んでいる。紫織は、辛そうにオールを動かした。少しずつ、少しずつボートは船に近づいていく。空が明るくなる。日が昇って、真昼のように真っ白に明るくなる。ほんの数分のうちに、今度は青空が海に映っていた。

ミキさんは白い大きな帽子をかぶって、手すりにもたれている。ニコニコと、私たちが近づいてくるのを見ている。

彼女の姿は、晴れ晴れしくて、健やかだった。少しも死んでなんていないような。

紫織は、汗だくでボートを漕いでいる。髪が汗で、額から頬に貼り付いている。

「代わるよ」

私は手を伸ばす。自分の手が、妙な形で固まったまま、震えていることに気づいた。感覚があまりない。紫織は無言で、首を横に振った。紫織は顎の先から汗を滴らせながら、ひたすら漕ぎ続ける。

私は、半ば握ったような形で固まった指を、両手を擦り合わせるようにして開いた。どちらの手も、あまり感覚がない。公園にあるプラスチックの滑り台みたい。硬くて軽くて、少しザラザラとした触感。

時間がないかもしれない。手遅れになる前に、しゃもぬまをミキさんに届けないといけない。

ボートが、船に触れるほどに近づいた。モーターの派手な音を立てて、壁も扉もない、骨が剝き出しになったエレベーターのようなゴンドラが降りて来た。プラスチックに亀裂が入るような音がする。潤滑油が足りないのだろう、金属の擦れる音が痛々しい。

ゴンドラは何とか、私たちの目の前まで辿り着く。遠目に見たら白く、つるりとして見えた船も、近くで見ると間違いなく劣化して、朽ちかけていた。

島でよく見る古い船と同じだった。幾つものフジツボが貼り付いていて、海藻がまとわりついて、穴が開いたり、錆が浮いたりした船。

それを覆い隠すように何度も重ねて塗られたらしい白い塗料が、かえって痛ましく、不気味で、不健康だった。

私たちは、しゃもぬまをゴンドラに押し上げた。ぐったりとしたしゃもぬまは、見た目以上に重い。しゃもぬまは、なされるがまま、ゴンドラの真ん中あたりに押し込まれた。私と紫織が、空いたところに這い上がる。

いつもの何倍も、体が重い。立ちあがって、腰のあたりの高さのゴンドラに、苦労して乗り込む。先に上がった紫織が、肩のあたりを引っ張ってくれる。

山の中で、自由に歩き回っていた紫織の姿が浮かぶ。体育の成績は良くなかったけれど、紫織は体を動かすことは、本当は得意だったのだろうと思う。とにかく、山を歩くのがうまかった。私はいつだって、紫織に置いて行かれないように、必死に追いかけなくてはいけなかった。

海の上の船のゴンドラにいる自分を、上から見下ろしているような気がした。立っている足許が覚束なくなる。私も、しゃもぬまの隣に、同じように横たわった。

ゴウンゴウンと体内に響くような低音に、時折悲鳴のような音を混ぜながら、ゴンドラはゆっくり、とてもゆっくり上がっていく。

頬を床に付ける。しゃもぬまの震える体毛が目に入る。

紫織が、私の頭の後ろあたりにしゃがんでいる。肩につま先が当たっていた。

床は震え、時に突き上げるように揺れる。頭が揺れに合わせて跳ねる。しゃもぬまの重たげな頭もまた跳ねて、薄く開いた口の端から涎が垂れる。眠っているのだろうか。傘のように垂れかかった毛の奥に、濡れた瞳がチラチラと覗く。

しゃもぬまの尾と太腿の向こうに、晴れ渡り、水平線まで凪《な》いだ海が一面に広がっている。すぐ近くに停まっていたと思ったけれど、萩祐君の船はどこにも見えなかった。

私たちは無言だった。ゴンドラは船の中ほどで止まった。

今までの騒々しさが嘘みたいに、吸い込まれるように静かに、ゴンドラは停止した。

私は、腕だけで体を起こす。腰から下が、自分の体とは思えないほど重い。とても小さな庭がある。野菜や、ハーブが植えられた庭。その奥にコンクリートの段があって、細身のドアが一つ。

子供の頃何度も見た。島の、菅家の勝手口だった。

私たちは鍵もかかっていないそこから、屋敷の中に入った。

「ただいま」、決して正しくないけれど、そう言ってしまう。私たちは、子供の姿になっていた。

体が軽い。しゃもぬまは見当たらない。紫織が、怯えたように私の服を掴む。

「どういうことなの」

紫織は怖がっている。幼い紫織がそんな表情をしているのも、思ったより違和感がない。大丈夫、私は紫織と手を繋ぐ。私たちは夢をみていた。

「愛しています」

ダイニングテーブルに、ミキさんがいる。

人形か、像が喋っていると錯覚する。優しいけれど、無機質な言葉。私はひやりとする。私の手を、紫織が強く握った。

「嘘を吐くな」

私たちのすぐ隣に、黄雲が立っている。あざ笑うみたいな声。お父さん、と紫織が息をのむ。彼らに、私たちは見えていないようだった。二人とも、随分と若い。

「母に言われて、この家のために結婚したにすぎないんだ。あんたも災難だったな。こんな家に嫁がされて。この家からはもう逃げられん。固いことは言わないよ。他に男を作るなりなんなりしたらいいさ。この島の中でなら、少々おかしなことをしていたって構わない」

黄雲は背を向けて、ネクタイを締め直している。ミキさんの表情は少しも変わらない。

「あなたを愛しています」

黄雲が、ゆっくりと振り向いた。見下すような、馬鹿にしたような目。どこか、追い詰められたような色。誰も俺を愛したりなんかしない。黄雲がそう言ったように聞こえた。

目が慣れるまで、そこはただの暗闇だった。

分厚いカーテンが引かれ、照明はなにもない。カーテンの隙間から、白い明かりが漏れているだけ。

黄雲の書斎だった。本が床に散っている。机の上にも、下にも、破られた紙が何枚も散らばっていた。

机の前の椅子には、黄雲が座っている。髪が乱れ、爪が汚れ、裸足の足も汚れている。目の下に酷い隈ができている。

私たちは落ちた本を踏まないように、慎重に立っていた。紫織が、私に貼り付いている。

黄雲がそんな風に荒れている姿を見たのは初めてで、私は恐怖を覚えていた。彼はまるで傷ついた獣だった。近づくと危険な。

部屋の扉が静かに開いて、ゆっくりと、ミキさんが入って来る。彼女はお茶を持って来たらしかった。

彼女の背後が、柔らかく光る。ミキさんが光っているようだった。彼女は落ちている本にも、書類にも、頓着せずに歩く。彼女は裸足だった。無慈悲に、落ちた本を踏んでいく。ミキさんはまっすぐ、少しも足許を気にしないで、黄雲のところに向かった。本の山から、彼女は黄雲の許へ舞い降りる。彼女の顔にはうっすらと微笑みが浮かんでいる。慈悲深い笑み。怖いくらいに完璧な。

ミキさんは、お茶を黄雲の机の上に置いた。黄雲は淀んだ目で、食い入るように彼女を見ている。

貧しいものが、施しを受けるような姿だった。

ミキさんはそのまま、何も言わずに黄雲に背を向けた。待て、と黄雲が叫ぶように、彼女を呼び止める。

振り向いた彼女に、黄雲はお茶のカップを投げつけた。

カップは彼女の目の上を強《したた》かに打った。カップの中身がこぼれて、白い服に染みを作る。

「俺を嫌っていると言ってみろ」

それでも、ミキさんは微笑みを絶やさない。愛しています。そう言って、何でもないことのように、部屋を出て行く。ミキさんがいなくなった部屋は、再び暗闇に沈む。

黄雲が、ミキさんの手を乱暴に引いた。彼女はバランスを崩して、あっけなくベッドに倒れ込む。

「他の女を無理矢理抱いて来たと言っているんだ、他に何かないのか。え、憎いと言ってみろ」

黄雲は倒れた彼女の両肩を摑む。そのまま力を込めて、彼女のあばらを左右に開いてしまおうというくらい、強く押し付けている。

「憎いと言ってくれ」

愛しています。

彼女の微笑みは崩れない。黄雲は彼女から手を離す。ずるずると、崩れ落ちるように跪《ひざまず》いて、ベッドからこぼれている彼女の脚に、縋るように抱き付いた。


芝生の上で、幼い紫織が遊んでいる。紫織は、ミキさんに駆け寄って、抱き上げるように求めていた。黄雲が庭に出て、途端に、紫織は黄雲に走り寄る。

黄雲は誰かが訪問してきたことに気づいた。門扉を見やる。

途端に、彼は青ざめた。そこにいたのはしゃもぬまだった。

黄雲は、ミキさんの腕を摑んで、車に乗せる。子供たちは家に置いて行かれている。

父親の鬼気迫る様子に、紫織は泣きじゃくる。

黄雲は彼女を、船の上に連れて来た。ミキさんは何も知らなかったかもしれない。ただ黄雲に請われるがまま、それからずっと、船で過ごしている。

どちらを向いても、眩しさで、しばらく何も見えなかった。広大な甲板からの照り返しが、薄く開いた目に刺さる。

私たちは、甲板に上がってきていた。何とか、自分の足で立つ。しゃもぬまが、荒い呼吸を繰り返している。私たちは死にかけていた。

紫織は、大人の姿に戻っている。彼女は何も言わないけれど、間違いなく、今まで私と同じ夢をみていただろうとわかる。ミキさんの夢を。私たちはしばらく、無言でお互いの目を見ていた。

紫織と一緒に、しゃもぬまを抱える。しゃもぬまは頭が大きすぎるから、バランスをとって抱えるのが難しい。私は力の入らない手足を震わせながら、しゃもぬまを運んだ。体が極度に怠い。力が入らない。

もうどこでもいいから横になりたかった。眩しく光る甲板は、果てしなく続いているようだった。とにかく体が辛い。極度に暑いのか、それとも極度に寒いのかわからない。紫織の髪が汗で頬に貼り付いているから、きっと暑いのだと思う。

一歩進むごとに、体が崩れていくようだった。

もうこの体から解放されたい。もうなにも頑張りたくない。

そういうわけにはいかないけれど。

前を歩く紫織に話しかけようとしたけれど、声が出なかった。

しゃもぬまを抱き上げている腕には、ほとんど感覚がない。そういえば、足にもないような気がする。

紫織がしゃもぬまの頭の方を持って、先に進んでいく。

私はしゃもぬまの後ろ脚を、抱きかかえるように持っていた。どこにどう力を入れているかわからないけれど、とにかく彼女を落とさないように、彼女の下半身に腕を巻き付けていた。彼女の尻が、胸に押し付けられる。しゃもぬまの体はとても熱い。

前方は紫織に任せて、うつむいたまま機械的に足を動かす。紫織の歩みが止まってようやく、私は辿り着いたのだと悟った。

透けるように白いワンピースが、まっすぐな素足を覆っている。

「よかった」

ミキさんは薄く笑ったまま、表情を変えずに、そう言った。まっすぐに見詰められる。あまり見てはいけないような気がするのに、目を離せない。顔は美織と似ているけれど、雰囲気はとても、紫織と似ていた。子供の時の紫織と。

私も紫織も、しゃもぬまを下ろしもせずに、彼女に対面していた。

歳は私の母と同じはずなのに、とても若く見える。紫織や、美織と姉妹だとしてもおかしくない。よく見ると目許や、口許には細い皺がいくつも入っているのに。

ミキさんは微笑んでいる。紫織を見ているのか、私を見ているのか、それともしゃもぬまを見ているのか、曖昧で、慈悲深い顔。

私は彼女に跪いて、赦《ゆる》しを請いたくなる。救いを求めたくなる。そうすればもう、いかなることも頑張らなくてよくなるとわかる。感情も、欲も、なにもかも吹き攫われて、真っ白に、どこまでも無になれる。

怖い、と紫織が口にしたような気がする。

私は崩れるように膝をつき、しゃもぬまを甲板に下ろした。紫織もまた、無言でしゃもぬまを下ろす。彼女が間違いなく甲板に横たわっているのを確認して、そっと巻き付けた腕をほどく。

しゃもぬまは苦しそうだった。目を閉じるたびに、もう死んでしまったのかと心配になる。

最期の時間を迎えているしゃもぬまと、それを見守る私と、紫織と、ミキさんと。私たちの間には静かで、少し怖くて、そして優しい時間が流れていた。私はもう少しだけ、このままでいたいような気がした。だけどもう時間がない。

喉が渇いていた。私からミキさんへ、直接しゃもぬまを譲ることはできない。私にできるのは、しゃもぬまをここに連れてくることだけ。萩祐君の船で、紫織を連れて。

絞り出すような声で、紫織を呼ぶ。私は紫織に、しゃもぬまを譲った。

紫織は立って、ミキさんを見詰めている。その顔が土気色になって、唇から色が消えた。紫織から血の気が引いて行くのと同時に、私には血が流れ始めた。それまでの辛さが嘘のように、力が戻ってくる。体のどこも、怠くないし重たく感じない。どこも痛くない、少しも眠さを感じない。随分久しぶりに、私は人として、普通だった。普通の状態だった。

「私は」

紫織は震えていた。泣いているのに、涙が出ていないみたいだった。

何か喋ろうと口を開いて、ゆっくりと閉じる。目を瞑って、眉を寄せる。

「こうして、生き物は死ぬのね。生きるのも苦しくて、死ぬのも苦しくて、私たちは死んだ後も、地獄でずっと苦しむのね」

紫織は、青ざめた顔で、ふふふっと笑った。

「紫織？」

紫織は私の問いかけには反応しなかった。ミキさんが手を伸ばす。紫織の頰に触れた。

紫織は額に脂汗を浮かべているけれど、笑ったままだった。母の手に自分の手を重ねる。

その感触を確かめ、なにかを伝えるように目を瞑って、紫織は半歩下がった。

ミキさんは宙に取り残された腕を、下げもせずに微笑み続ける。

「私は、お母さんとは違う」

紫織の唇が青い。肌が青白くなっている。

「私ずっと、お父さんに愛されてるお母さんのこと、うらやましかった」

紫織は、喉を震わせながら、息を吐いた。

「お母さんは、お父さんに愛されていて、尊くて、清くて、美しい。それこそ、天国に行けるくらいに。でも私、今はそれがとても、残酷で、哀れなことだと思う。だって、お母さんは、人を愛せはしないじゃない」

とても綺麗だけど、あまりにむなしい。紫織は続ける。

「私なら、お父さんを愛してあげられる」

紫織は青い顔のまま、苦痛に顔をゆがめて、笑っている。

「お母さんにしゃもぬまを譲る」

紫織は、詰めていた息を吐いた。抜けていた命が戻ってきたのが、目に見えるようだった。唇や、肌に色がつく。紫織が落ち着くのを、ミキさんは黙って見守った。それからしゃもぬまに近づいて、その頭を撫でた。

「長い夢をみていたのよ」

ミキさんは手をしゃもぬまの腹に置いたまま、私たちを見た。

「あなたが来るのをずっと待っていたの」

紫織に言ったのだろうか。しゃもぬまに言ったのかもしれない。私に言ったのではないと感じた。

「もう大丈夫、楽になっていいわ」

ミキさんはいつの間にか、斧を持っていた。それを私に差し出す。

「あなたのよ」

私はそれを受け取って、立ちあがった。

高次さんの斧だった。

けれどそれは確かに私の物だった。それくらい、手に馴染んだ。当然かもしれない。何度も繰り返しみた、私の夢の斧なのだから。

横たわっていても、死に臨むときでも、しゃもぬまはうつむいたような姿勢を崩さないのだと、私は感心してそれを見ていた。彼女は最期の息を吐いた。

しゃもぬまは敬虔《けいけん》で、慎み深く、神聖な生き物である。

彼らは死後、天国に行くことが決まっている。夏みかんを食べない限り。

私は斧を振り上げた。

紫織を見る。怯えたような、従順な目。きっとあのとき、高次さんがしゃもぬまの首を刎ねるのを見ていた私も、こんな目をしていたに違いない。

私はすぐに紫織から目を逸らした。斧を振り下ろす。しゃもぬまの首は、何の未練もないとでもいうように、あっさり胴体から離れた。

重たい頭を失った首許は、遅れて噴き出した血の勢いに弾かれたように、少し上に持ち上がって揺れる。果実をもいだ瞬間の、夏みかんの木の枝。

血の勢いが収まって、ようやくしゃもぬまの体は、自分がついに自由になったことに気づいた。四肢を一斉に、不器用に動かす。紫織が小さく息をのんで後ずさる。しゃもぬまが、起き上がった。

しゃもぬまは四肢と、体をぶるぶると震わせている。震えは次第に大きくなり、ついには体が波打っているように激しく揺れた。内側が沸騰している。首から、体に残っていた血が、プップッとこぼれる。

気づいたらしゃもぬまは、白磁の体になっていた。凛《りん》とした姿で、脚をまっすぐに伸ばして立っている。

血はどこにもなくなっていた。乾いた甲板の上に、白いしゃもぬまが立って、足許にはその、かつての頭が転がっている。

よく見ると、しゃもぬまの細長い円錐形の脚は、先端が地面についてはいなかった。それも見る見るうちに透けていく。彼女も、もう私を必要とはしていなかった。夢も、海も渡る必要がないのだから。

ミキさんは、しゃもぬまの背に手を置いた。そっと、しゃもぬまの背に乗る。彼らの姿が、私にはもうほとんど見えない。うっすらと、薄絹のように透けて見えていたと思ったが、それも瞬《まばた》きをするごとに、風景に溶けて見えなくなっていく。

「おかあさん」

紫織が小さな声で呼びかける。彼女は空を見上げている。

「さようなら」

紫織が言った。きっと永遠のさようならになる。私は黙っていた。

船が燃えていた。炎が、這うように甲板に広がる。熱くはない。

私たちが立っているあたりにだけ、大粒の雨が降り注いでいた。

雨の雫に、紫織の眼球に、薄紫色のような、薄い虹色のような、色とりどりの光が散っている。彼女にはきっと、まだミキさんたちの姿が見えているのだろう。

周囲から暗くなっていく。頭上に日が暮れていくようだった。

明るく青い空は、空の中心に吸い込まれて消えていく。

夢が終わろうとしていた。私たちは帰らなければならない。

しゃもぬまの首が、夏みかんになっている。私はそれを拾って、ポケットに入れた。

白く広かった甲板は、灰が崩れるように、崩壊を始めていた。炎が船首の方から船を呑み込んで、すべて灰に変えていく。私は紫織の手を握った。

私たちは海に向かって走った。船はみるみる沈んでいく。ここはきっと、ミキさんの夢だった。もう二度と、彼女は夢をみない。

私たちが上がって来たゴンドラはなくなっていた。ゴンドラがあったあたりに辿り着いて、私たちは靴を脱ぐ。

船は大きく傾いて、海面はもうさほど遠くない。

私たちは素足を手すりに乗せた。身を投げ出す。

私は振り向かなかったけれど、背中から照らす光が、ついにすべて消えたことに気づいていた。紫織が握っている手に力を込める。彼女にもわかっていたはずだった。しゃもぬまと、ミキさんは行ってしまった。

暗い海は暖かかった。落ちていくとき、萩祐君の船が近くに来ているのが見えた。私たちは、船の見えた方に向かって泳いだ。

指先が、萩祐君の船の縁《へり》に掛かった。

＊

グラスに氷のぶつかる音と、入口の扉が開かれたことを知らせるベルの音が、とてもよく似ている。木のタイルが敷き詰められた床。誰もいない店内。閉店後のようだった。静かで、空っぽの店内には物寂しい空気が漂っている。

照明はほとんど落とされていた。非常口を知らせる緑色の明かりが、あちこちに灯っている。どこが非常口なのか、わからないほどに。その他には、黄雲の座るカウンターの、常夜灯が小さく灯っているだけ。白い明かり。少し肌寒く感じる。私は、片付けられた机と椅子を横目に歩いて、彼の許に向かった。

黄雲は手の中のウイスキーをゆるく揺らして、寂し気な音を立てている。

私は黄雲の背後に立った。

「君が言う老人に会ったよ」

黄雲はグラスを持ち上げて、トン、と底の一点だけをカウンターに当てた。もう大分飲んでいるのかもしれない。目が虚ろで、瞼が重たげに腫《は》れている。

「自分はしゃもぬまを譲られたと、確かに言っていた。そしてそれを俺には譲らないと。それからあいつなんて言ったと思う?」

呉先生が黄雲に誓ったのは、黄雲を含めた誰にもしゃもぬまを絶対に譲らないということと、生きている限り島から出ないということだった。そしてそうする代わりに、島で死ぬことと、自分の遺骨を家族と同じところへ入れるということを求めた。

黄雲が、グラスを完全にカウンターに置いた。薄い琥珀色の液体のなかで、いびつな球体の氷が、海水浴場のブイのように浮き沈みする。

店内には何の音もなかった。

黄雲はカウンターを、苛立たし気に左手で叩いた。

「馬鹿らしい。なぜ俺がそんなことをしてやらなければならない」

「先生が島にいて、亡くなるときにしゃもぬまを連れて行ってくだされば、島の外の誰かにしゃもぬまが渡ることはないんですから、いいじゃないですか。それで目的は果たされるんですから」

「馬鹿にするな」

黄雲は苦し気な表情をしていた。顔色も悪い。急に老け込んだようだった。

「ミキはもういないんじゃないのか？　しゃもぬまを、ミキに渡したんだろ？」

「いいえ」

私は、臆面もなくそう口にする。さっきから、自分の声があまりにも響かない。自分ではない誰かが、ここではないどこか遠くから発している声のような。

「最近、しゃもぬまが外に出てきていないと報告が上がってきている」

「先生のもとへ、行ったんですよ」

黄雲はそうか、と言っただろうか。何か言ったようだが、黄雲の声もまた遠く、聞きとり辛かった。

「御存じかと、思っていましたけど」

黄雲は舌打ちをした。忌々しげに、携帯電話を取り出す。黒くて、とても古い機種だった。何か操作して、私の方へ投げてよこす。

私はそれを、耳に当てた。ゴポゴポと、水の音が聞こえる。水の中で、誰かが喋っているようだった。紫織のような。私と、紫織かもしれない。よく、聞き取れないけれど。

「これは」

「君の部屋のレコーダーのログだよ。しゃもぬまが島を出たらしい日から、ずっとそうだ。ときどき、女の声が聞こえるだろう。ミキのときもあれば、違うときもある。録音なのに、再生したら声が消えていることもあれば、違う時間に違う声が再生されることもある。そのミキの声だけは、毎回必ず再生できるんだがね」

彼は酷く疲れて、弱っているように項垂れた。哀れな姿だった。録音は、何度も繰り返し再生される。私には、ミキさんの声は聞こえない。

黄雲はきっと、結局は呉先生の言う通りにするだろう。

ミキさんが天国に行ったかどうか、黄雲は死ぬまでわからない。それがまだ先のことなら、それまで、彼はこの嘘に縋るしかない。

隣に座る男が、とても小さく見える。

「ミキを地獄に堕とす方法はあるはずだ」

黄雲はそう言ったように思う。小さい声で、自分に言い聞かせているのかもしれない。

そうですね、私はそう口にしそうになって、すんでのところで呑み込んだ。

私はポケットから夏みかんを取り出して、カウンターの上に置いた。

黄雲はそれを凝視している。

「あのしゃもぬまに、夏みかんを食べさせたんでしょう？」

私は黄雲の方に夏みかんを少し押しやった。

「食べなかったよ」

黄雲は少しだけ鼻を鳴らして、私の目の前に、夏みかんを摑んで置き直す。

「もう十分だ」

黄雲は初めて、私を見た。目の下の隈に疲れが見えるけれど、眼光の鋭さは変わらない。

私は夏みかんをしまった。

店内が次第に暗くなっていく。黄雲は再びうつむいて、その顔はもう見えなくなっている。彼は何も言わない。終わりだった。私は黙って、外に向かって歩いた。

＊

部屋の窓に切り取られた空が薄い橙色と、淡い水色に染まっている。

私はそれが朝焼けなのか、夕焼けなのか、わからないままに体を起こした。隣で紫織が眠っている。しゃもぬまの寝床を見る。しゃもぬまはいない。

彼女がいるはずの場所を見ることは、私の癖になってしまっていた。目の端に映った洗濯物の塊を、しゃもぬまの寝ている姿に見違える。

長い夢をみていた。

萩祐君の船が、無事に港まで帰ったことを何となく覚えている。

着いたのだ、と思った次の瞬間には、私は黄雲の夢の中にいたけれど。

窓を開けた。東の空から太陽が、まさに顔を出したところだった。

今日は何としても出社して、昨日無断で休んでしまったことを謝らなければならないな、と思う。憂鬱ではあったけれど、体は軽くなっていた。

私は夏みかんを取り出した。夢の中のような出来事だったけれど、嘘ではなかった。確かにしゃもぬまはいなくなっているし、ポケットの中には夏みかんが入っている。どうしてそうなったのかはわからない。それでも、何が起きたかはわかる。

涼しい風が吹き抜ける。

これでよかったのだろうか。

私は夏みかんを剥いて、房を一つ口に入れた。

実が弾けて、蜂蜜のような果汁が、焦《じ》らすように口の中に広がる。甘くて、すっぱくて、まだ味わっていたいのに、飲み込むのを我慢できない。喉の奥の方で、果肉がつぶれながら下っていくのを感じる。空だった胃袋に一気に糖分がしみこむようだった。体の芯から、じんわりと暖かくなる。飲み込んだ果肉から、こんこんと果汁があふれ続ける。それは体中に行き渡り、今にも迸《ほとばし》りそうなほどに私を満たした。

私は目を閉じる。何かを食べて、それをこんな風においしいと思うのはとても久しぶりなような気がする。

紫織が目を覚ました。喉の奥から、小さく呻《うめ》き声が絞り出される。彼女もまた体を起こすと、まだ焦点の定まらない目で、しゃもぬまの寝床のあたりを見た。

「食べる？」

差し出された夏みかんを受け取って、腑《ふ》抜《ぬ》けたような顔のまま、紫織はそれを口に運んだ。そのまま目を瞑って、また眠ってしまうのではないかというほど、ゆっくり咀嚼している。紫織は目を開けて、私を見る。朝日が差し込んで、澄んだ水面のような瞳の、一番底まで照らす。

「おいしい」

紫織が言った。ね、と私に問う。私も、そうね、と返す。

湖面が風で波打つように、紫織の瞳が滲んで揺れた。透明な涙が、ぽろぽろと頬を伝う。紫織の顔が滲む。私も涙を流していた。

顎を伝って胸許に落ちた涙が暖かい。悲しいのか、嬉しいのか、どうして涙が出るのかわからないまま、私たちは涙を流し続けた。

解説

倉本さおり

人と人ならざるものが物語のなかで出会うとき。

そこに描き込まれてきた景色には、おおまかに分けて二つの意味が見出《みいだ》せるように思う。

ひとつは、人が抱えている恐れや不安の写し絵としての役割。異形のものたちがもたらす混乱は、現実世界で人びとを揺さぶり脅かしているものの構造とどこかで必ずつながっている。もうひとつは、人間という生き物それ自体の異形を浮かびあがらせる働きだ。尋常でないはずの物事が、いつのまにか日常の営みにするりと紛れ込み輪郭を曖昧に溶かしていく。すると今度は、人を人たらしめているもののグロテスクなありようにピントが合うようになるのだ。

〈しゃもぬまを知っているだろうか〉。

実に魅力的な口上で幕をあける本作もまた、人ならざるものとの邂逅《かいこう》を通じて、私たちをめぐる不穏な現実を蠱惑的《こわくてき》にあぶり出していく。

夏みかんの名地として知られる、人口一〇〇〇人ほどの小さな島にひっそりと生息する生き物・しゃもぬま。彼らは死期が近づくと、島の人間からひとりを選んで一緒に天国へ連れていってくれると信じられてきた。物語は、本土にある港町でひとり暮らしをしている若い女性・祐のもとへ、しゃもぬまが唐突に「迎えに来た」ことで動きはじめる。

幻獣、と形容してしまうと、なにやら観念的で高尚なものを想像するかもしれない。だが実際の「しゃもぬま」像はそうしたイメージとはまるで異なり、絶妙にしょっぱいディテールの数々で構成されている。例えば、サイズは中型犬くらいで見た目はロバ似。頭部がややアンバランスに大きくたてがみはない。なんとも曖昧な色味の体毛はところどころムラがあって、尻尾はさながら陰毛のよう。伏せられた目に項垂《うなだ》れた頭と丸まった背中が組み合わさり、けれど〈耳だけはピンと立って、上を向いている〉。

彼らは大人しく、とても静かな生き物である。よく言えば忍耐強く、悪く言えば頑固で、人の言うことは聞かない。荷を引いたり、人を乗せたり、そういったこともしない。蹄《ひづめ》が小さいから、速く走ることもできない。

こうした細部の豊かさと確かさ。命あるものとしての輪郭の濃さ、圧倒的なリアリティ。おそらく最初のページを繰った読者の心には、もう「しゃもぬま」が棲《す》みついているはずだ。

この、しゃもぬまのユニークな存在感と作中で対置されていると考えられるのが、物語の主人公・祐のあやうい姿だ。祐はまだ二十代前半ながら、どういうわけか登場した時点ですかすかに消耗していて、あらゆる欲求が抜け落ちてしまっている。日中は暴力的な眠気に襲われるのに、いざ横になると眠れず、朝が来るまで苦行のように寝返りを繰り返すばかり。中学校進学を機に島を出て、専門学校を卒業したのち、アダルト雑誌やエリア情報誌を制作している小さな出版社に就職して三年。与えられた業務の内容自体にべつだん不満があるわけではない。だが、広告の依頼主である高齢の社長から理不尽に罵倒され、いつものようにひたすら謝罪を繰り返した日、暗い帰り道を歩きながら何者かの足音に気づいてこんなことを思う。

こんな道で襲われて、私は何を奪われるのだろうか。

お金も、体も、命も、罪を犯してまで私から奪うほどのものなんて、何も持ってはいない。お金を財布ごと持って行かれるのと、強姦《ごうかん》されるのは嫌な気がする。後が面倒だから。

が。

　何かするなら、いっそのこと、もう何もできないくらい、すべて奪ってくれた方

　吐き出された言葉の痛々しさと、奇妙に透徹したまなざしの落差にたじろいでしまうような場面だ。あらかじめ主導権は奪われている状況なのに、この社会の一員でいることを、性差や役割の組み込まれた体でいることをやめさせてはもらえない——いうなれば祐の姿は、現代というシステムの中で疲弊し摩耗するすべての人びとの形代《かたしろ》でもある。

　祐が上手《うま》く眠れなくなったのは就職活動をしていた頃からだ。未経験で今の職場に入ってからは慣れない仕事についていくことに手一杯。指導の名のもと、男性の先輩の終わらない長広舌に付き合わされているうちに、彼の機嫌を取ることが仕事の大半になってしまった。上司のモラハラをうすぼんやりと浴び続けているうちに終わっていく一日。祐はなげやりに生きているわけではない。むしろ感受性や自尊心といったものをすんで鈍磨させないと適応できない構造のなかで、彼女なりにどうにかこうにか生きているのだ。

　では、しゃもぬまの到来は祐に何をもたらしたのか。

　祐の住むアパートの一室に上がり込んだしゃもぬまは、当然のように祐の寝床だった

場所に居座ることになる。人ならざるものとの共同生活。先行する作品で即座に思い浮かぶのは川上弘美の『蛇を踏む』だろう。語り手の前に現われた「蛇」はあたかも母親のようにふるまい、食事を用意して待っていたり、時に蛇らしく巻きついてみせたりしながら「蛇の世界」へとしつこく誘う。一方、しゃもぬまは祐を天国へと——つまりは死へと積極的に誘うような真似《まね》はしない。人の姿に化けることもなければ、ことさら祐に体をすり寄せるようなこともない。ただ部屋の真ん中でじっと佇《たたず》んでいる、かと思えば、散歩に出たがり、川原に生えていた野草を思いつきで食べ、夜になってから部屋の中で派手に腹を下したりもする(!)。要するに、徹頭徹尾「生き物」としてそこにいるのだ。

しゃもぬまの寝息がうるさい。

そっと手を伸ばして、腹に触ってみた。中身がしっかり詰まっているような弾力がある。熱くて、呼吸に合わせて動いている。

祐はマイペースなしゃもぬまに振り回される形で散歩に出かけ、ペットショップの干し草を手に入れ、風呂場に体を押し込んで洗ってやる。そのうちに、水や酒しか口に入れていなかった自らの生活がまともになっていくのを自覚する。熱を持ち音を発し、しっかり臭うしゃもぬまの存在は、生きることそれ自体がよくわからなくなっていた祐にとって、まさしく「生」のエネルギーそのものだ。命を持った個体――言い換えれば、それは自己を照らす他者の輪郭でもある。

もうひとつ、現在の祐のありようと対置されているのが、祐がたびたび夢で見る過去の記憶だ。祐の住む港町が工場の排気でおしなべてくすんで映るのに対し、鮮やかな夏みかんに彩られた島の景色は生命力に満ち充ちている。例えば、島の地主の娘であり、祐にとって特別な存在だった少女・紫織の、美しく厳かで野性的な姿。彼女が水をきらめかせながら両手ですくいとった池の魚をそのまま口の中に流し込む光景は、思わず息を呑《の》むほどに鮮烈だ。次々に魚を捕らえては一心不乱に飲み込んでいく紫織の姿を眺めながら、祐は〈神様みたい〉と呟《つぶや》く。実際、祐の夢に現われる島の記憶はどこか霊性を帯びている。鈍重な現実の日々の中で溺れかけていた祐は、おのずと辿《たど》り着くべき岸辺を夢の中に求めていたとも考えられるだろう。

だが、祐のもとに辿り着いたしゃもぬまは、現実の「いま、ここ」を生きている存在だ。その姿をまのあたりにした祐は、これまで目を背けてきた物事と向き合う覚悟を固める。はたしてしゃもぬまが選んだ人間は誰なのか――そこから物語はファンタジーからサスペンスの様相を呈していく。祐のまなざしの変化に合わせ、島の景色に折り畳まれていた人間たちの複雑な愛憎も少しずつ明らかになっていくのだ。

ようやく再会を果たした紫織の〈人間臭い顔〉を見て、祐がすくなからず戸惑う場面は象徴的だ。同時に祐は、記憶の中の紫織の横顔にも不安や恐怖が隠されていたであろうことに思い当たる。それは「神様」が「人間」になった瞬間だ。そうやって自己も他者も解き放つことを覚えた祐は、やがて自らの輪郭をかたちづくる「家族」の問題へと――人という生き物にとっては絆《きずな》にも軛《くびき》にもなり得るものの正体へと踏み込んでいく。

作者の上畠菜緒は一九九三年生まれ。令和元年、奇《く》しくも新しい時代の幕あけに小説すばる新人賞を受賞しデビューに至った。

生と死。夢と現実。彼岸と此岸《しがん》。その境界線上を何度も行き交いながら、民話や土着的な信仰の匂いを駆使して「しゃもぬま」という架空の生き物の輪郭を見事に立ちあげた手腕は各所で激賞された。とはいえ上畠の真骨頂は、幻想をつくりだすことではなく、むしろ幻想の根っこにあるものを看破する力にある。

「天国も地獄も、この世に生きている人があって初めて存在するものだと思うので」。刊行記念インタビューで彼女はこんなふうに答えている。澄んだ水のようにさらさらと流れていく独特のナラティブとは対照的に、彼女の筆から浮かびあがってくるのは人間同士の緻密に入り組んだ関係性だ。

想像と創造。そのあわいを往還しながら彼女が描く物語は、どの時代にあっても読者の「いま」に手を触れる可能性に満ちている。

（くらもと・さおり　書評家）

第三十二回小説すばる新人賞受賞作
本書は、二〇二〇年二月、集英社より刊行されました。

集英社文庫　目録（日本文学）

集英社文庫　目録（日本文学）

宇野千代　幸福は幸福を呼ぶ
宇野千代　私の長生き料理
宇野千代　私何だか死なないような気がするんですよ
宇野千代　薄墨の桜
冲方丁　もらい泣き
海猫沢めろん　ニコニコ時給800円
梅原猛　神々の流竄《るざん》
梅原猛　飛鳥とは何か
梅原猛　日常の思想
梅原猛　聖徳太子1・2・3・4
梅原猛　日本の深層　縄文・蝦夷文化を探る
宇山佳佑　ガールズ・ステップ
宇山佳佑　桜のような僕の恋人
宇山佳佑　今夜、ロマンス劇場で
宇山佳佑　この恋は世界でいちばん美しい雨
江川晴　企業病棟

江國香織　都の子
江國香織　なつのひかり
江國香織　いくつもの週末
江國香織　薔薇《ばら》の木 枇杷《びわ》の木 檸檬《れもん》の木
江國香織　ホテル カクタス
江國香織　モンテロッソのピンクの壁
江國香織　泳ぐのに、安全でも適切でもありません
江國香織　とるにたらないものもの
江國香織　日のあたる白い壁
江國香織　すきまのおともだちたち
江國香織　左岸（上）（下）
江國香織　抱擁、あるいはライスには塩を（上）（下）
江國香織・訳　パールストリートのクレイジー女たち
江角マキコ　もう迷わない生活
江戸川乱歩　明智小五郎事件簿Ⅰ～Ⅻ
江戸川乱歩　明智小五郎事件簿　戦後編Ⅰ～Ⅱ

NHKスペシャル取材班　激走！日本アルプス大縦断　密着、トランスジャパンアルプスレース富山～静岡415km
江原啓之　子どもが危ない！　スピリチュアル・カウンセラーからの警鐘
江原啓之　いのちが危ない！　スピリチュアル・カウンセラーからの提言
M　L change the WorLd
ロバート・D・エルドリッヂ　トモダチ作戦　気仙沼大島と米軍海兵隊の奇跡の〝絆〟
遠藤彩見　みんなで一人旅
遠藤周作　勇気ある言葉
遠藤周作　ほんとうの私を求めて
遠藤周作　父親
遠藤周作　ぐうたら社会学
遠藤周作　愛情セミナー
遠藤武文　デッド・リミット
逢坂剛　裏切りの日日
逢坂剛　空白の研究
逢坂剛　情状鑑定人
逢坂剛　よみがえる百舌《もず》